SHORT CLASSICS
短经典精选

UNE VIE À COUCHER DEHORS
———— Sylvain Tesson ————

命若飘蓬

〔法〕西尔万·泰松 著　周佩琼 译

人民文学出版社
PEOPLE'S LITERATURE PUBLISHING HOUSE

著作权合同登记号　图字 01-2023-1514

Sylvain Tesson
Une vie à coucher dehors

ⓒ Éditions Gallimard, 2009
Simplified Chinese edition copyright ⓒ 2023 by Shanghai 99 Readers' Culture Co., Ltd.
All rights reserved.

图书在版编目(CIP)数据

命若飘蓬/(法)西尔万·泰松著；周佩琼译.
—北京：人民文学出版社，2023(2024.1 重印)
(短经典精选)
ISBN 978-7-02-017945-9

Ⅰ.①命… Ⅱ.①西…②周… Ⅲ.①短篇小说-小说集-法国-现代 Ⅳ.①I565.45

中国国家版本馆 CIP 数据核字(2023)第 062027 号

总 策 划	黄育海
责任编辑	朱卫净　何炜宏
封面设计	好谢翔
出版发行	人民文学出版社
社　　址	北京市朝内大街 166 号
邮　　编	100705
印　　刷	凸版艺彩(东莞)印刷有限公司
经　　销	全国新华书店等
开　　本	889 毫米×1194 毫米　1/32
印　　张	5.25
字　　数	90 千字
插　　页	5
版　　次	2023 年 5 月北京第 1 版
印　　次	2024 年 1 月第 2 次印刷
书　　号	978-7-02-017945-9
定　　价	59.00 元

如有印装质量问题，请与本社图书销售中心调换。电话：010-65233595

致永恒回归的精灵

目录

001 | 沥青
021 | 猪
031 | 小雕像
044 | 出错
059 | 湖泊
076 | 女孩
082 | 沉船
096 | 运气
104 | 峡谷
115 | 粒子
118 | 岛屿
129 | 冷杉
134 | 信函
141 | 海湾
154 | 灯塔

沥 青

一

"混蛋！"

听见酒瓶的叮当声后，又过了很久才看见运货车。每晚都是同一幅场景：埃多尔菲斯躲到路边，让卡车开过，用头巾护住鼻子，但尘土钻进黏膜，在嘴里留下药膏似的味道。他咳嗽、吐痰，透不过气来。一小溜褐色的涎水流到他的胡须上。于是，他咒骂着运货车、路、生活。如果一个人只能对着尘土叫骂，那他在这片大地上一定无足轻重。

埃多尔菲斯得花三十分钟才能从田里回到家中。他住在村子中央的一座木头房子里。夏天肩扛镰刀上路，冬天换成铁锹。他慢悠悠地走，心脏已经因烟草和李子酒而坏死，跳得不够强劲，无法大踏步前进。他五十岁，身体已经垮了。察尔卡村依湖而建，掩映在起伏的山丘之中，有着火山土和翠绿的高山牧场。山顶的熔岩崩塌物散布在山坡的褶皱中。草原覆盖了熔岩流。

夏季花朵盛开，鲜艳诱人。羊群发觉自己吞不下整座山峰，变得焦躁不安，激烈地咀嚼着草。山坡上遍布割草的人。鹡鸰伴随着挥动的镰刀啄吞着虫子。草料收割期持续一个月。男人磨快刀刃，石块和金属摩擦，发出颤声。女人带来装满卡赫季葡萄酒的窄口酒瓶。没有一个格鲁吉亚人会承认那就是一种劣质酸葡萄汁。晚上，干草堆满推车，家家都把收获所得带回农场。埃多尔菲斯没有推车，他在别人的田里干活，一天结束后独自步行回家。

阳光给谷底镀了金。从前，当苏联还存在时，埃多尔菲斯和共青团员们去过列宁格勒的冬宫，见过荷兰画师绘制的乡间生活场景。油画沐浴在与这里同样的光线中。但那里的村庄看似经营得更好。

卡车拖着黄昏的红色薄雾回转过来。埃多尔菲斯消失在灰云里，又叫骂起来。不能再这样继续下去了，得和尤里谈谈。这条穿过察尔卡的路经由奥良吉村，通往巴统市。必须忍受六小时颠簸，才能来到这与海分隔的一百公里的尽头。起初的几个弯折通向森林，空气变得湿润。道路蜿蜒三十次，就到了奥良吉：亚美尼亚人在土耳其屠杀时期建起的几座黑石房子。随后，道路经过桥梁，沿河向低处前行：愉快的三小时。人们停车钓鱼，在火上烤鱼。在苏联时期，格鲁吉亚被视为天堂。

埃多尔菲斯思考着。他寻思，究竟是为什么，他的察尔卡村只能靠一条石子路通行，沥青却占领了世界其他地方。就连在非洲，城市也拖着黑色的舌头穿过荆棘丛林。包括最后一个黑人在内，全体人类都行走在柏油路上。现代性灌注在地球的乡村中，但察尔卡这座格鲁吉亚失败者顽强的要塞却无权进入舞池！这里的人们还得继续在灰尘中咳痰，在泥坑里跋涉。

埃多尔菲斯暴躁起来。格鲁吉亚是一个倒在高加索山麓的老婊子，委身给所有人。土耳其人、俄罗斯人，甚至希腊人都来过这里，通过隘路钻进来。

不过，也曾有过辉煌的时刻。土耳其曾经对格鲁吉亚亦步亦趋，不可攻克的基督教堡垒曾是安纳托利亚山巅的花冠，尼诺的十字架曾在地中海岸飘摇。这个国家如今已经无足轻重。报纸上把这叫做"国家的衰落"。

他在一座蚁丘前停驻。他很熟悉这座小丘，就像半路上的界标。他从口袋里掏出一只小扁瓶，喝了一口。酒流下时，嗓子燃烧起来。他又喝了一大口。这一次感受到了辛辣味。他用右手轻轻地拍了拍小丘。蚂蚁惊慌失措，有几只爬到他手上，皮肤有点刺痛。他掸去蚂蚁。这些小虫往他的掌心里喷了蚁酸。他把液体倒进右鼻孔。氨使鼻窦剧痛，他半眯着眼注视着兵蚁纵队从这座活的山丘中涌出。他刚刚给自己注射了无产者的毒品。

"连这些混蛋虫子的交通都比我们强!"

他向蚁丘踢了一脚。那座小小的巴别塔瞬间爆裂。

尤里·阿斯法尔塔什维利主持镇政厅里举行的市镇议会会议。人们正在讨论坐落在苜蓿田里的斯大林雕像的命运。村里有呼声要把它推倒。不是为了清算,而是因为锌在巴统港口价格昂贵。当埃多尔菲斯进门时,议员们正在听助理宣读前一天报纸上登的原材料价格走势。

"安静,你们这群失败者!这一切都得停止!"

埃多尔菲斯猛地推开门,门板撞到墙上。镇长秘书压低声音,发出小小的惊呼。

"埃多尔菲斯,如果你有话要说,就和安娜斯塔西娅·彼得罗夫娜预约,下一次会议我们会听取你的发言。"

"世道变了,尤里。整个地球都铺上了柏油。除了察尔卡。我们成了全世界的笑柄。"

"埃多尔菲斯,我们在工作,没时间搭理酒鬼。滚!"

"我们需要柏油!我们是在这山里坐牢!"

身为市镇议会成员的兽医曾是第比利斯的摔跤冠军。他把埃多尔菲斯扔到街上。割草工失去平衡,跌倒在烂泥里。两只鹅啄住他的小腿肚。市镇官员们关上门,继续开会。

二

"一百克。"埃多尔菲斯对塔玛拉说。

他坐在角落，两只手端着伏特加酒杯。咖啡馆于一九五〇年开业，当时是水电站工人的文化俱乐部所在地。大厅很宽敞：那时人们在这里跳舞。苏联解体后并未撤下列宁的肖像。埃多尔菲斯盯着画像。由于灯光暗淡，弗拉基米尔·伊里奇·乌里扬诺夫的面色不佳。阴影凸显了他的亚洲人轮廓，看起来像一个土耳其和蒙古混血。说到他，埃多尔菲斯曾经一口气读完十八卷本的俄语版领袖作品全集。他很愿意和塔玛拉谈谈，她是个和善的服务员。但嵌在酒瓶墙上的高保真音响播放着俄罗斯流行歌曲。双人组合"塔图"在唱歌：两个眉毛打钉的萝莉。音量阻止了一切交流。邻桌的人都一言不发地喝着酒。他示意塔玛拉关掉音响。

"你想要什么？"她说。

"我想要沥青！"

他对邻桌说：

"一直在石子上颠簸，你们不厌烦吗？"

"埃多尔菲斯，你闭嘴，别打扰别人。"塔玛拉说。

"看看你们！你们都已经死了！全世界都在天鹅绒上行驶，而我们呢，在察尔卡，连一台铺柏油的车都开不上来！"

他把钱扔在桌上,离开酒吧。他一出门,塔玛拉又把收音机调到最响。从酒吧到家有五百米远。埃多尔菲斯走了很久都能听见音乐。现在是那个声名狼藉的西伯利亚嘻哈音乐明星费奥多尔,唱的都是堕落腐化的东西:"早晨喝酒,一天自由……"他自己的女儿特别喜欢费奥多尔。

一条管道漏水,把街道变成了泥潭。他陷入泥洼,惊醒了一座房子栅栏后面的一头猪。狗吠叫起来。一辆白色伏尔加汽车驶过——大灯雪亮。泥浆飞溅到他的衬衣上。他认出是屠夫彼得的车。这辆车去年曾在村里陷进泥坑,不得不从奥良吉调来一辆牵引车才把它拖出困境。

"你回家的时间像俄罗斯人一样,而且身上发臭。"

埃多尔菲斯没回答妻子的话。塔季扬娜和奥克萨娜在争一个游戏手柄。他很希望得到一个亲吻。他叫了她们,但他和耳机相比毫无胜算。埃多尔菲斯的双胞胎女儿十八岁,跟他无话可说。她们梦想着城市,白天总在闲逛。电视带给她们关于世界的知识。她们的生活如同嫁接在屏幕上一样。她们不喜欢田地的气味,害怕黑暗的树林,不会给奶牛挤奶。使她们脱离混沌状态的唯一办法是给予她们抵达城市的可能性。埃多尔菲斯要让这里铺上柏油马路,就是为了她们。沥青将拯救她们。

村里的所有青少年都迷恋着巴统,那颗远不可攀的星。在那里的咖啡馆,人们面朝着灯火通明的海湾烤肉,载满阿塞拜疆石脑油的油轮从海湾驶过,开往博斯普鲁斯海峡。夜总会里人头攒动,挤满了急于接吻的人们,直到早晨六点。察尔卡的年轻人一有机会就挤上公共汽车,忍受着颠簸,六小时后就是城市,就是新生。他们梦想在那里定居,永远不用再乘公共汽车。为了扭转这种趋势,必须使察尔卡和世纪接轨。

埃多尔菲斯东奔西跑,直到秋季。晚上,结束田里的劳作后,他在镇立学校组织集会。小学教师普伦蒂斯是他最早的盟友。他也知道,尘土之路是一条单行道:孩子们走上这条路,一去不复返。人类的移地放牧没有回头路。

一开始,农民们不理睬这一倡议。人们以为埃多尔菲斯和普伦蒂斯瞄准的是议会席位,在耍阴谋诡计。人们不希望改变。镇长腐败,继任者可能变本加厉。察尔卡之所以幸存,是因为一切从未变化。这里不信任煽风点火的人。当政治异见者安娜·普加查维利在公寓门口被暗杀时,人们窃窃议论说是她自找的。附近的情况相似,在火山阴影里沉睡。三公里内有一些小村落,分成三个社群:希腊人、亚美尼亚人和阿塞拜疆人。他们之间由鹅卵石铺成的道路连接。汽车的地狱,自行车手的噩梦。亚美尼亚人仇恨阿塞拜疆人,后者仇恨希腊人。仇恨使所有人必须平静地生活,否则就是死亡。

阿尔德弥斯是二号商店的老板娘,这是一号和三号商店破产后察尔卡唯一仅存的商店。她成功地触及了那些意志薄弱的村民唯一敏感的一块地方：自尊心。她有一天晚上出现在学校。会议室几乎是空的。她开门见山地宣布支持柏油路。她总是悲叹，送货的卡车不能更经常来提供补给。她订货的巴统批发商不乐意派店员来察尔卡的这条路，不愿为了给"山上的乡巴佬"提供补给而损坏卡车底盘。店员向阿尔德弥斯吐露，城里人就是这么称呼他们的。她向埃多尔菲斯转达了这些话，他抓住这一侮辱，使绵羊们团结起来。小学教师帮他写了一张传单。二人用了一整夜，在村子的栅栏上贴了一百五十张。传单上写的是"致不愿再做乡巴佬的人们"。下面是二十多行诗文，激励村民将"低地人"的凌辱淹没在柏油中，号召察尔卡公民参加集会。必须向地区长官施加压力。

侮辱惹恼了大家。传单产生了电流般的效应。第二天晚上，学校里人潮汹涌。人人都希望给马路铺上柏油，人人都提出了自己的理由。

护士首先发言：

"主街在春天全是泥坑，简直是个垃圾场。"

埃多尔菲斯的双胞胎庄严地列举了与城市接轨将会打开的前景。

"保持孤立的察尔卡将错失它的命运。"塔季扬娜说。

二人之中，奥克萨娜给人留下了最佳印象。她刚刚听了一场电视辩论，只需重复一名阿布哈兹议员的话，他简直能淹死摄像机前的一条鱼。

"是时候让我们乡村的脉搏跟上全球化的跳动了。未来的子孙后代会感恩我们让世界变小了。"

"察尔卡躲不开世纪的步伐。"埃多尔菲斯更进一步。

只有村里最富有的养殖户西米恩和黑鬈发的东正教神甫希拉里翁反对。

"我们是独一无二的幸运儿。察尔卡的境况使我们免遭外来侵犯。铺上柏油，混乱就会潜入我们中间！"

"他说得对，"希拉里翁说，"小路是我们的护城墙！"

大家向他们发出嘘声。

埃多尔菲斯和普伦蒂斯以村民的名义起草了一份请愿书。当镇长了解到这并非针对他的阴谋时，也加入了这一运动。既然大家全部达成了一致，他也不反对铺柏油了。到了下个星期天，文稿准备完毕，埃多尔菲斯高声宣读了一遍。

这是一个不愿消失的小村庄发出的求救信，措辞委婉，感人至深，又有些荒谬。察尔卡的居民像坠海的人一样挥着手，希望船员不要丢下他们。埃多尔菲斯继续发挥这个救援的比喻，甚至把柏油路比作"扔给溺水者的绳索"。文章指明，村庄美得深远，背倚圆形剧场式冰碛脊梁，坐落着一座有着八角形屋顶的古老教堂，可以让游客一直爬到上面。这封信写给致力于发展市场经济的省长。最后几行文字使他看到发展滑雪业的可能性。格鲁吉亚的冬季运动正蹒跚起步。从石油业致富的阿塞拜疆人和手指毛茸茸的土耳其人，特雷比松德的商人和埃尔祖鲁姆的显贵，有时来到高加索山脉寻找新鲜的雪场和肉体。很容易把察尔卡变成一个高山滑雪站，冷杉林为建造木屋提供木材，村里还有许多主妇能用肉馅白菜使滑雪者重振精神。但这些愿景都需要柏油马路。镇长在信上签了名，盖上镇政府的章。请愿书有了官方性质。大家同意让埃多尔菲斯第二天亲自带着这封信乘上开往城里的公共汽车。

工程在六月开始。察尔卡居民的请求送到了巴统省长的秘书处，得到了政府的高度重视。文件爬过不同楼层，降落在各种桌子上（有些文件再也没能重新起飞），最终抵达省长的办公桌。

那一年，政府并不比从前更加关心国内柏油马路的建设，但该国刚刚与一家美国石油公司签订合同，准许输油管道穿越国家领土。合约条款规定，石油巨头必须弥补输油管路线上的基础设施不足。于是，察尔卡的柏油马路建设被纳入翻修格鲁吉亚道路系统的庞大计划。埃多尔菲斯人生第一次在正确的时间身处正确的地点。

工程师整平了旧路，机械的刨刀轧出一条土坡。工人用沥青沙砾和碎石浇筑路基，然后开始一层层筑实路面的缓慢过程。埃多尔菲斯对工程很感兴趣，自封为团队运作的大家长，与工头熟稔起来。出于友情,别人给了他一件小差事,他像传令兵一样认真地执行。他负责指挥工地负责人留给汽车通行的那半边路上的交通。他穿上一件反光背心,戴上头盔,举着一块木牌,上面印着大字"停"。有时三天都没有一辆车经过。埃多尔菲斯仍然坚定地站着,仔细观察天边,心中充满使命感。每当有车开近,他就以一副权威的姿态挥舞木牌,大喊"停",用身体拦住去路。驾驶员拉开车窗,嘲笑地问:

"柏油呢,老家伙?"

"柏油来啦!"

柏油来了。

在路基上加了石灰以后,开始倾倒沥青混凝土和沥青混合料。柏油从巴统出发,向察尔卡攀爬,征服了一公里又一公里。压路机轧平了沥青层,埃多尔菲斯则想到第比利斯的犹太糕点师傅用宽刀抹平果馅卷上的奶油。他觉得在低温中冒着烟的黑色釉面美极了。浸在木桶里的滚烫沥青的气味使他更加兴奋。向前推进的气味有种肌肉烧焦的味道。

工人的营地安置在山麓,就在道路蜿蜒开始的地方。在铁皮板房里,人们用火炉烧木头取暖,用发电机组照明,每天晚上都充满了欢乐的气氛。大家分享着烤饼、红酒和对苏联年代的回忆。

该工地在国内被树立为安全典范。铺设一百公里沥青,只发生了三起事故。一名伏特加短缺的工人为祝贺第一公里吞下了防冻液,导致肠穿孔。另一名工人打赌说,他能在压路机经过时把脚尽可能久地放在路面上。他赢了。最后,人们在一台翻到河里的挖掘机里找到了一名工头的尸体:他在一个喝醉的夜晚借了这台挖掘机"去找补给"。为了纪念他,察尔卡的路上一直竖立着一座小小的许愿碑。

柏油马路于六月二十一日到达察尔卡。这是一个好日子。在格鲁吉亚神灵的安排下,于夏至日合龙。镇长谈到,"村里迎来一个全新的夏天"。他在讲话末尾引用了帕维尔·奈夫茨基的《论苏联沥青和油砂》:"沥青从地球深处开采,用于覆盖地球表面,是时间馈赠的礼物,使我们跨越空间。"人们用雷鸣般的掌声庆祝这一瞬间,虽然他们一个字都没听懂。他们请来了巴统的工程师、参与投资这项巨型工程的苏普萨油码头的石油巨头、地区议员和第比利斯市市长。察尔卡之路成了国家象征。亲政府的报纸赞颂这项工程"使一个格鲁吉亚村庄攀上全球化探戈的舞台"。敌视向欧洲开放的共产党人因英美资本向格鲁吉亚发展输血而愤怒。他们引用一份斯大林时代报刊编辑的说法,哀叹"伏尔加汽车车轮行驶的柏油路不如资助者计划的那么黑"。电视一台录制了六月二十一日的庆典活动。一名从第比利斯急遭过来的女记者采访了埃多尔菲斯。军乐队演奏起萨梅格列罗的小调。尽管后勤人员有所准备,但到了下午四点，香肠吃光了，差点连酒都没了，镇长不得不向咖啡馆女老板预付二百五十元现金，让她开五桶酒，才避免了酒荒。只有希拉里翁神甫坚持立场。他没有参加欢庆，而是守在圣像前，在小学生合唱团上台唱起小学教师谱写的《柏油路之歌》时敲响了丧钟：

> 死去的察尔卡
> 重生了，
> 因为柏油路
> 带我们去远方！
> 沉睡的察尔卡
> 振作精神，
> 因为柏油路
> 让我们震惊！

三

沥青具有达尔文主义性质。它的散布改变了人类群体的行为。通过柏油马路与世界相连的村民在几个月内就能消除落后状态。察尔卡也经历了这种加速度。两周后，街道就让人认不出了。

埃多尔菲斯曾把柏油马路比作脐带，还不止于此：它是一条主动脉,将山下的风俗一直输送到高山牧场边缘。霓虹灯招牌花枝招展,卫星天线伸出窗框。有一天,塔玛拉在列宁肖像画下面贴上一张布告:"高速上网"。橱窗里出现了一些人们从未想象过竟然存在却不可或缺的产品:女式内衣、热带鱼缸和室内自行车。百事可乐的招牌在公共汽车站台的水泥横梁上闪烁。

有些村民学会了城里的习惯,还有一些固守自己的地盘。交通往来络绎不绝。年轻人下山去巴统度周末,星期一返回村里。妇女星期六去那里购物。埃多尔菲斯也不在路上咳嗽了。有几天,他还条件反射地弯下腰来,把手帕送到嘴边,但一辆汽车与他擦身而过,从此他就不再这么做了。

到了盛夏,人流方向倒转过来。很快,人们看到更多大排量汽车上山驶向村庄,老车则下山开往海滨。巴统的富人区迅速流传开来,开车就能抵达一座栖息在山谷中的青翠港湾。城里人来到山上冒险,大胆地进入村庄。女药剂师开设了第一间客房,不久之后,家家户户门口都标明了膳宿全包的民宿价格。镇政府开始考虑建设一台送滑雪者上坡的机械装置。第一个外国人在秋季到来:一名美国摩门教徒,头发中分,穿一件白衬衣。他爱上了女招待塔玛拉,不再见人就劝改宗。柏油路带来了新鲜血液。察尔卡终于活了。

埃多尔菲斯的双胞胎女儿每周都来回往返。塔季扬娜在巴统海边一家为格鲁吉亚富人服务的"风流"酒吧找到了工作。从星期五晚上到星期天,她为俄罗斯新贵和第比利斯的生意人送上玛格丽塔鸡尾酒,这些人都穿着方头的漆皮皮鞋,戴着玻璃袖扣。她有一双紫色眼眸,穿着超短裤的样子让客人疯狂;别人会以为她的皮肤无法耐受与织物接触。布斯坦是一名三十三岁的商人,由出口镍发家。他一连五个周末待在那儿,几乎用眼睛吃了她,到了第六个周末,则让她来到了柜台的另一侧。他点的凯歌香槟直接用桶送上,开一辆乳白色悍马。塔季扬娜从来弄不懂,为什么买卖镍需要在汽车的置物袋里装一把点45口径手枪,前面还有一名戴墨镜的保镖?但她从不发问,因为布斯坦对她很好,这与后苏联时代的混乱很不协调,这里的男人只对姑娘的下体感兴趣,像对待狗一样对她们吆来喝去。

秋天的一个星期一早晨,布斯坦来到察尔卡。年轻生意人拜见埃多尔菲斯,向塔季扬娜的母亲送上百合玫瑰。这个年轻人得到了好评,虽然大家觉得他的手过于柔软,身形肥胖。他从未亲眼见过猪,原文化俱乐部旁的猪圈给他的记忆和伯鲁提皮鞋留下了不可磨灭的印记。周末他又来接塔季扬娜,并逐渐形成习惯:他周五晚上来,带走他的农家女,和她面朝大海缠绵两天,星期一早上再送她回村。

从前的路迫使大家慢慢走,人们了解每一寸土地,从未发生事故,因为有的是时间,也别无选择。崭新的柏油马路上则不同,所有人都狂飙突进，血液沸腾。油门在为村民们几十年来的颠簸复仇。有些人疯狂失控，越不忙碌，越要加速。游手好闲者的情况最糟。他们急着以最快速度离开一个波澜不兴的地方，像火箭一样冲到另一个他们依然无所事事的地方。

布斯坦为他从城里往返察尔卡的路程计时。悍马不是打破纪录的最佳机械，但他已将用时降至四十六分钟，并计划继续缩短。塔季扬娜从未见过事故，对速度无动于衷。她甚至能在旅途中给双脚涂好指甲油。

悲剧发生在开通仪式四个月后，十月的一个星期五。悍马向巴统飞驰。这一晚，布斯坦决心要将纪录降到四十五分钟以内。他已经通过那些曲折的弯道，一旦抵达谷地，还能加速。他在桥前面的最后一个转弯处退让晚了，撞上一辆对面开来的卡车。甚至没留下一秒钟时间让他刹车、做出反应或侧滑。身体抛出车外，没人受苦。爆裂的回声在林下灌木丛回荡了十余秒，一切重归寂静。钢架冒着烟，身体的伤口也是如此。塔季扬娜躺在柏油路上。因冲击而掀起的红裙褶皱再次落下，像花冠一样在她的腰际绽开。"路上的花瓣"，一小时后与救援队一同抵达的医生心想。

当警车停靠在埃多尔菲斯家田边时，他并不太惊讶。辅警喜欢有他作伴，有时来他家喝一杯。警察走上田埂。

"喝一杯吗？我袋里有一瓶酒。"老农说。

"埃多尔菲斯,发生了一起致命车祸。"警察说。

"在哪儿?"

"六十五公里处,就在桥前面。"

"严重吗?"

"我说了,致命的!"

埃多尔菲斯感觉胸口收紧了一下。

"是谁?"

"你的女儿塔季扬娜。她当场死亡,遗体在巴统,等会儿送回村里。"

晚上九点,辅警的厢式货车将塔季扬娜的遗体送达。人们把她安置在双胞胎的房间里。女邻居们脱下姑娘的衣服,给她穿上一件白袍。她的脸色已经像蜡烛一样。女药剂师从自家花园采来金丝桃。埃多尔菲斯的哥哥、小学老师、塔玛拉和她的摩门教徒、警察、镇长、亲戚和邻居聚集在房子里。需要办理一系列手续,填写各种文件。死者使生活更加复杂。大家约定周日举行葬礼,还剩下四十八小时守灵。母亲虚脱地瘫倒在扶手椅里,经过两小时的悲痛,她的眼皮已呈紫色。奥克萨娜把自己关在父母的房间里,不愿开门。埃多尔菲斯在台阶上闷头灌着白兰地。人群让出路来,让希拉里翁神甫进门。他举起戴着银指环的手,请大家安静。

"我预见到了这一切。这条路是魔鬼的舌头。塔季扬娜是沥青的殉难者。让我们祈祷吧。"

他为人群祝福，男男女女纷纷画着十字。开始举行格鲁吉亚东正教自主教会漫长的死者祭礼连祷。晚上十一点，有人张罗着准备夜宵。母亲仍在哭泣。人们留下她用眼泪清空自己，埃多尔菲斯的姐姐找来一坛二十升的红酒、面包和家里储备的一条火腿。大家组织了轮班看守，轮流在尸体和火腿边来回。午夜时分，发现埃多尔菲斯不在台阶上了。警察在黑夜里喊他的名字。二十七条狗一齐惊醒，同时吠叫起来。

*

在车灯的微光下，埃多尔菲斯立刻认出了现场。路政部门已经清理了道路，但路边还留下一些钢板碎片。

折断的树木枝干给厚重的森林划下明显伤痕。玻璃碎屑在路肩上闪烁。他注视着这个曾数百次经过的地方。白兰地使他头昏脑胀，但他稳稳地驾驶着这台挖土机。他曾经如此仔细地观察工人，这台机器对他已不再有秘密。他毫无困难地启动挖土机，开到这里。这台美国"轮上铁锹"型号为M3222D，重二十二吨，属于镇政府。引擎盖上用黄色和黑色字母印着一句标语："卡特彼勒：进步的未来"。挡风玻璃上印着另一句："使明天的世界成为可能"。承包商把这件珍宝转让给镇政府，以此换取官方作证的虚假的事故报告，该报告已在通车仪式后第二天寄给保险商。

钢铲以液压杠杆的全部动力撞击路面。锯齿一直穿透到沙砾层，掀起了一大块。铰接机械臂再次举起。沥青块飞扬到冷杉树梢，钢铲又一次落下，刮挖沥青层，又揭起一片。埃多尔菲斯抽噎着，在悬挂椅上摇摇晃晃。推土机推进了一米又一米，在身后留下粉碎的渣土。汽缸发烫，铁耙咬住地面。每次冲击都令这台机器震动摇晃。黑色尘土粘在埃多尔菲斯脸颊的泪痕上。一小时后，他已经捅烂了与桥之间的三百米距离。他把机器的前轮卡在桥面上，用六次重铲使桥崩裂。埃多尔菲斯大吼，用拳头狠狠敲打驾驶室，在夜晚凉爽的空气中筋疲力尽地爬了出来。他把头扎进河里，又钻进挖土机，掉头爬上他挖出的壕沟，回到察尔卡。

凌晨三点，这台机器在离村子两公里处耗尽汽油抛锚了。他步行二十分钟，盯着路灯，背着手，虽然酒醒了，但沉醉于悲伤之中。他复了仇。除自己在撞上桌子后用拳头拍打桌沿、砸烂带来坏消息的电话机的人以外，又增加了另一类伸张正义的人：因亲人在公路上死去而破坏道路的人。

他毁坏柏油马路，惩罚的则是自己。他发誓，从明天起，要用锄头破坏整条马路，直到双手流血。他要挖开这条柏油路的每一寸，他曾是这条路的倡导者，他的女儿则刚刚成为牺牲品。

家中的纷乱与一个守灵的夜晚很不协调。几辆车开着大灯停在门前。有惊叫声传来。埃多尔菲斯注意到大家把一具躯体抬进货车车厢。他凑上前去,出现在车灯的亮光里。

"你去哪儿了,可怜的家伙?"警察喊道。

"你的另一个双胞胎女儿!"女邻居说,"她割腕了!由于悲伤过度!"

"但还有救。"塔玛拉打断她的话。

"对!"女药剂师说,"如果能在一小时之内赶到城里的话!"

猪

> 他们说服自己，人类是所有物种中最恶劣的僭越者，是创造物的王冠。所有其他生物被创造出来仅仅是为了给他提供食物和毛皮，被折磨，被消灭。在与它们的关系中，所有人都是纳粹；对动物来说，是一个永远的特雷布林卡灭绝营。
>
> ——艾萨克·巴什维斯·辛格，《写信人》

这天早晨，一封邮自肯特伯雷的信寄到谢普博登法院，敬请地区检察官亲启。

亲爱的先生：

我本无意走到这一步！

从我的祖父母、祖父母的父母，乃至更久远的年代，从家族的创始者开始，我们祖祖辈辈在这里生活。我们的血液里流淌着农夫的活力。他们去除田地里的石块，筑起矮墙，保护林地，在这片石灰岩土地上繁衍生息。前途的问题从不存在：孩子继承父辈的农场。他们艰辛劳作，值得尊重。我在一九六九年继承了我的农场。

多塞特曾是天堂，生活曾经甜蜜。

我们做了什么？是谁有罪？

我们怎能让地狱侵占这片土地？

我不想再听见它们的尖叫。我再也无法忍受。

它们一直在黑暗中生活。当我们推开滑门时，它们听见摩擦声，就哼唧起来。它们的呻吟在黑暗中膨胀，组成一道壁垒，必须突破，才能进入。当它们感觉到我们已经进入围栏区的坡道时，便在笼中狂奔，撞击铁栏。金属的哗啦声混合着嚎叫，嘈杂声愈加强烈。我不愿再听见这些咆叫：那是一种畸形、荒谬的声音，一种被自然法则禁止的声响。

夜晚，嚎叫声在我脑中，睡着一会儿之后，约一点钟时把我惊醒。我的噩梦是这种恶的回响。

事情开始于四十年前。第一家集约化农场出现，其他养殖户紧跟步伐。大家一起抵制并不会很难。我们不会落后太多。我们可以像从前一样继续，世界潮流会向我们倾斜。困难之处不在于留在站台上，而是眼睁睁看着邻人撇下你，乘上进步的列车。模仿潮席卷了多塞特的猪棚。

乡村找到了新主人，这些家伙在办公室里将其重组。他们来自伦敦、布里斯托，前来说服我们，未来存在于大型生产中。他们说，今天的一个养殖户得养活聚集在城里的数百、数千人。这个星球已经没有位置留给家畜，人们也没有时间把它们赶到牧场去。从今以后，技术能够以同样的面积增加产出！无须再要求土地为牲口提供力量，而是由我们自己用托盘为它们送上能量！

这是一场革命。因为养育我们长大的那些人相信血的事实。至此，我们食用的牲口都是用多塞特腐殖土上生长的肥美草料喂养的，它们晒着多塞特的阳光，吹着多塞特的风。从土地汲取的能量，输送至青草的纤维，散布在牲畜的肌肉纤维中，灌溉着我们自己的身体。能量垂直传导，经由青草、然后是牲口，从土地深处输入人体。这才叫做"某个地方的人"：血管里带着一方土地的化学本源。而这些人向我们宣布：土地变得毫无用处。

他们向我们反复灌输这句他们最爱的口号："要把饲料转化为肉。"我相信了。我们都相信了。我们的眼睛变了。当他们送来一袋袋饲料颗粒时，我看见的是火腿。

我们尊重这些袋装饲料：它们代表的是肉。我们尊重肉：它代表的是钱。我们忘记了，中间还有牲口。我们把它们删除了。于是，我们剥夺了它们的光。

我们把它们关押在笼子里，不能前进，不能后退，不能转身，也不能侧卧。目标是使它们保持完全静态，因为动作浪费能量。为了使制造蛋白质的过程高产出运行，必须避免消耗。我们会让工厂在土地上四处移动吗？猪就是工厂。稳稳扎根的工厂。

每种创新都有其缺陷，但每种缺陷都有应对方法。静止不动使猪发狂？我给它们注射抗抑郁剂。粪便的氨水感染了它们的肺？我在口粮中混入抗生素。没有什么是解决不了的。解决不了的并不真正构成问题。

猪在二十周内育肥。我在分栏里铲起磨碎的饲料颗粒，如同雨水洒落在粉红色脊背上。粉末落在猪鬃间。它们已经养成习惯，抖动身体，让食物粉末掉落。人似乎能适应一切，猪却不行。即使在二十个星期后，它们仍继续啃咬栏杆，像是想要切断它。问题在于，人类是否经历过类似的折磨。有一名犹太作家认为有过。

最焦虑的是那些猪仔。它们在出生三星期后断奶，这样就能重新给母猪人工授精。一头母猪在两年内能产仔五次。到了最后一次，就进屠宰场。吃奶时，母猪躺在一个机动耙下面。小猪能从栏杆间碰到乳房。这是它们与母亲的唯一接触。它们相互争斗，为了避免它们伤残致死，我活活地拔下它们的尾巴和门牙。问题在于，在把饲料转化为肉的同时，我们也使猪仔变身成狼。

静止不动造成另一个后果：四肢萎缩。猪蹄的肌肉迅速减少。有些母猪的身体胀满了奶和肉，几乎爆开，只能勉强靠脆弱的四蹄支撑。我在检查时偶尔自问，我们是否正在制造一种新物种。我在《每日观察家》上读到，现代人类仍未停止进化。在暖气过热的房间里坐在电脑前的人继续长高。他的手臂延长，骨头变细，大脑增大。谁知道呢，我们的后代是否会是大脑皮层过度发达的软体生物，眼睛巨大，但只有一只手用来敲击键盘？

猪在搏斗时相互冲撞，有些只剩下独眼。伤口感染，脓水流淌，四肢内侧布满恶疮。肛门周围长满石榴籽一般的痔疮。只要感染不使肌肉腐烂，就不重要。猪皮上遍布淋巴结炎症，但下面的肉仍然健康，在幽暗的光线中难以辨别。

暴力的磁场在猪场的穹顶下逐渐累积。气泡鼓胀起来，但从不爆裂。极端的苦难不会带来温驯，只导致发狂。我们的工厂是庇护所。有些猪变得危险，攻击自己的同类。设计笼子的目的是不让它们移动，现在则用于保护它们不相互伤害。只有猪仔在一起生活。如果一只死去，必须立即清理尸体，否则其他猪仔会将其吞食。

赫伯特·杰克逊是第一个。他在菲德尔河畔经营着一座大型养猪场。人们曾在这条小河两岸放牧。过去的牧场收益很好，后来，人们赶走畜群，土地进入空旷的休耕期。赫伯特在集约化畜牧业的第六年初感到了抑郁症早期症状。人们尽可能地帮助他。他咨询了医生，吞下各种药片，雇了第二个小工，使自己能稍微脱身。但毫无疗效。他告诉我们，他开始惧怕自己，他不是为此而选择了这个职业，他感觉有什么东西正在离我们远去。他使用一些宏大的词汇，谈到了"背叛"。

我们的行会主席是个聪明人，懂得如何回应。有一天，他在年会上请大家肃静，当众向赫伯特喊话。他宣称，必须"消除误解"。他解释称，一头从未经历过旷野生活的牲畜不可能因为被剥夺这种生活而感到痛苦。然后他说，人们认为一千克肉价格五镑是正常的，而我们无法抵抗这样一个社会。我们的同仁并不认为肉值更多钱。变化的不是我们，而是事物的价值。当一块肉是战利品时，猪有其价值。但当一块肉成为习惯时，猪变成一种产品。而当一块肉成为一种权利时，猪则丧失了它的权利。

赫伯特反驳说，痛苦并不需要经验，即使一头动物从未见过白昼，基因也并不会使它习惯于永远的黑夜。生物学并未给猪编程，使之忍受肥育、拥挤和静止。被关押的牲畜一定对自由的意义有某种预知。

行会主席耸耸肩膀，挥舞一本题为《猪、山羊、兔子》的书，这本畜牧学著作于一九二〇年出版，作者是一个名叫保罗·迪夫洛斯的人。他高声朗读了一段："动物是活的机器，不是从这个词语的引申意义而言，而是从机械学和工业认可的严格意义来说。"他把书递给赫伯特，对他说：

"读一读，清醒过来。"

从此刻开始，我们更经常在酒吧而不是在农场看到赫伯特。到下一年的复活节，他已经把一切都出售完毕。

当卡车前来运载牲口时，混乱的场面无法形容。奇怪的是，它们竟然拒绝离开这个地狱。人们把它们成群赶进翻斗卡车。嚎叫声变得难以描述。司机比我们更憎恶它们，他们痛殴那些顽抗者，咒骂那些让他们浪费时间的家伙。一九八〇年，我们开始使用电警棍，以加速装车速度。我们只烧肛门，以免毁坏猪皮。被电击的猪直立起来，惊跳到猪群里，在肉墙中冲出一条路来。很多没能存活下来。

有时，在伦敦夜晚的公路上，我与这些卡车交错而过。它们在柏油马路上安静地滑行。在大灯的光束中，我看见猪的嘴伸出木板的缝隙。这些猪一生中第一次也是最后一次嗅到外面的空气。车队驶过，留下一股呛人的气味。我很熟悉这种气味，和我的一样。我已经浸透了这种味道，全身上下散发着臭气。

白天愈加沉重。一想到接下去的时光，每个黎明都变得更加阴暗。夜晚则名存实亡。

我能使之幸福的唯一生物是我的狗。当我回家时，这条塞特猎犬热烈地迎接我。晚上，我们在树林里追逐。有一天，儿子艾德给我读了一篇文章，文中把猪描述为一种敏感、利他主义的动物，和狗一样聪明，在基因层面与人十分接近。他以一种挑战的目光向我展示报纸。我一把扯下，告诉他永远别再提起这些。后来，他拒绝踏进猪场，开学后，学校老师打来电话，惊讶地告诉我，我的儿子拒绝填写"父亲的职业"一栏。

*

我已经承受这种残酷四十年之久。我能说什么呢？我组织、管理、资助了这种残酷。我每天早晨起床，以掌控一艘黑暗方舟顺利运行。每天晚上回家照料孩子，看着他逐渐成长。

当我们在桌旁晚餐时，这个念头也萦绕着我，在我背后三百米处，有些牲畜被关在笼中，身陷污秽，因恐惧而狂热，因无法活动而疯癫。我失去了胃口。

房子舒适怡人。壁炉里火苗跳动。我建起的一切都扎根于苦难之中。

谁是同谋？我的同类。星期六，我去了购物中心，观察着他们漫不经心地把塑料包装的肉扔进购物车。塑料保护了良知。如果他们知道了，将是我们破产之日。大厦并非基于谎言，而是建立在无知之上。

我实现了一项壮举：四十年间，从不直视一头猪的眼睛。我很有可能与它目光交会。绝不能让这种念头干涉自己的头脑：每一头牲口都是一个个体。只能从整体思考。只想象它们的群体。

当我意识到我恨自己的这些牲口时，我懂了，赫伯特是对的。在我们发明的这种养殖业中，动物是敌人。今天的养殖户堕落了。

我们打破了平衡，背叛了血肉联系。我们血管里流淌的血液不再源自多塞特的土地。牲畜的蹄下有一块混凝土板。

我再也无法睡眠。尖叫声把我唤醒。我的手似乎无法摆脱那种气味。

五个月前，我停止经营农场，现在刚刚把它卖掉。我儿子艾德的未来掌握在他手中：他成年时将获得一大笔资产。我寄希望于他的母亲帮助他找到一条不同于我的道路，虽然我们已经分居十五年。我期待他不会走入歧途。

我找到了我的那棵树。它屹立于菲德尔河畔。从树顶上能看见流水在一块块土地和养殖场的半圆柱形穹顶间蜿蜒。我梦想着那些铁皮门有一天能够开启，斑驳的牲畜身影再次点缀在如茵的绿草地上。

为了这最后一程，在当过地狱的司炉工后，我选择了桅帆的岗位。

这封信于七月十八日寄给谢普博登的检察官，几天后将会收到。他将把信交给我儿子的母亲，由她处置。

当人们读到这封信时，我应该已经自缢一段时日。但找到我仍需要时间。

我希望我的躯体暴露在阳光下，任由风轻拂，让树枝掠过，听菲德尔河低语。我剥夺了牲口享有这一切的可能。

我把我的肉体献给乌鸦。我了解本地的乌鸦。它们数量众多，十分聪明，而且贪婪。它们第二天早晨就会前来享用。在接近之前，它们会停歇在周围的橡树上，观察四周。然后，它们会大着胆子飞到我的肩膀上。我会在绳索末端略微摇晃。

我们将重新共建平衡。

它们每啄一口，都将偿还我欠下的债。

爱德华·奥利弗·诺威尔斯

肯特伯里，二〇〇〇年十一月十九日

小雕像

虽然她如此深刻地介入人的生活,
她仍是孤独的流浪女王,
迷人而野性,不可亲近,永远纯洁。

——瓦尔特·弗里德里希·奥托
《古希腊宗教的精神》

纵队沿田边前进。曙光照亮黑麦田。北风压制了阿姆河发出的气息。这条比人类更加古老的河流散发着牲畜的汗臭和滚烫淤泥的气味。

阿富汗人高声说话,神情潇洒。有些人哼着歌,有些人抽着烟。带队的人举起手臂。

"在这儿等着!"

他们蹲下身子,看着河岸从日光中显现。他们的眼神贪婪。对于一些人来说,这是最后一个早晨。两年来,田野里进行着一场赌博。

没人知道死神的镰刀接下来将砍向谁。他们轻快地走向命运，自愿经受缓刑，享受每一时刻。扫雷员就是这样向将要清扫的战场走去。

地雷是在伊斯兰阵线推进时退却的塔利班后卫部队埋下的。苏格兰人发明了风笛为撤退伴奏，在身后洒下一切：成就、回忆、哀悼。塔利班则留下地雷，用地雷塞满他们放弃的土地。这些看不见的结节蛰伏在几厘米厚的土层下面。

地雷是哨兵的典范。它坚守岗位数十年，伺机攫取猎物，也从不需要什么。即使蜘蛛也会对等待猎物感到厌烦，地雷则是无欲无求的战士。

河的左岸有两条线路。来自河的另一侧的难民开始回到 M 村。被战争前线摧残的村庄三个月前已被解救。人们回到被摧毁的房屋、被煅烧的田野、被踩躏的花园，在废墟中安置下来，似乎什么都没发生过，生活重新开始。

死去的常常是孩子：追逐皮球的男孩，头顶水罐溯流而上的女孩。被炸碎的孩子是一幅让人无法接受的场景。母亲把自己关在暗无天日的房间里，在凉风中悲叹，徒劳地等待痛苦缓解。秋季伊始，英国扫雷组织 ABUS 派来一支团队，净化这个小村庄。

救护车赶来，按照预防措施要求，停在路边。可以开始行动了。人们在环绕村庄的田地里散开。二十年来，这些地块只经受过炮弹的耕耘。低处的阿姆河呈霰石色。

马其顿的先遣部队曾经举起束棒，沿河岸向印度河进发。后来，希腊化时代的君王建起庙宇，赞颂在遥远星空下指引他们的雅典娜。扫雷者有时使一些遗迹重见天日。黄土吐出一片叶板、一根柱脚、一块柱头。在周围的农场，雕花的中楣用作牲畜棚的过梁，阿波罗雕像成了门框，都不罕见。

扎赫尔被分配到旧时果园的西北角。工作半小时后，他掀开保护面罩，揩额上的汗。凯夫拉纤维背心开始向背部施压。工间休息还远远未到。阳光火辣辣的，赭石色墙壁开始发白。扎赫尔想象着听见哨声，那样他就能躲到卡车的影子里，卸下马甲，喝茶，抽上一支烟。他想到洁丝，使他隐隐作痛的烦恼便在心中郁结：他的妻子昨天分娩产下第五个女儿。面色苍白、脸颊凹陷的洁丝看着他，她的声音十分苦涩：

"很快，我向你发誓，很快给你一个儿子！"

但她实际做的只有哀求和许诺。他走出家门，生气地顿足。他犯了什么罪，使得洁丝只能生出这个？为什么神迫使他生活在窃窃私语中？他的房子愁云密布。寂静和无聊在这里蔓延。邻居阿曼努拉有四个儿子！扎赫尔清晰地记得他的长子出生时的情景。阿曼努拉前来向他展示新生儿，容光焕发地说：

"现在我再生什么都行了。"

像季节的规律一样，上天从未使这位邻居失望。

神并非不公平。因此必须了解问题出在哪儿。

二女儿出生时,扎赫尔以为神指责他不珍惜自己的性命。排雷是在刀刃上舞蹈。在昆都士,一枚重两百五十千克的俄制炸弹通过缆线与一颗杀伤地雷相连,爆炸后杀死三名扫雷人员。这场意外深深震撼了扎赫尔。或许人没有权利把自己的生命悬在危险边缘?洁丝建议丈夫离开那个组织:

"就当是为了你的儿子吧,他将是你的快乐之源。"她说。

扎赫尔从 ABUS 辞职,为邻居打工。当洁丝的肚子一天天鼓起来时,他在兴都库什山的矮坝上劳作。村里,人们扶犁耕作,从黎明到日落,从夏到冬,从石头地里刨出几担黑麦。排雷一个月能赚两百美元;扎赫尔弯腰犁地九个月才能赚到这些。到了收获季节,三女儿呱呱坠地。

扎赫尔回来向扫雷组织求助。

"我想回来。"

招聘官亲切地接待了他。

"你想重新开始吗?耕地赚不了钱吗?"

"你开玩笑吗?土地什么都给不了。"

"那是因为你不够积极主动,扎赫尔。罂粟!那就是未来。只要西方无法摆脱绝望,罂粟就会在这里争相开放。"

"我想回到原先的岗位,头儿。我是一个扫雷员,不是农民。"

"那就明天,五点,清扫拉菲特村。"

"我会来的,谢谢。"

于是,他恢复了往返于在卡车阴影下休息和在黄土中蹲几小时的节奏,找回了单调农活无法提供的令人焦虑的兴奋感。当探测器响起或刀片金属碰到一个小东西边缘时,他再次感觉到肚子里胃酸的分泌。

扎赫尔跪在尘土里工作。太阳已到中天。影子潜伏起来。有机玻璃下面成了一个火炉。面罩是为了在爆炸时保护他。事实上,它自身就可能爆裂,炸掉他的脸。组织的指令非常明确:虽然无效,也必须配戴保护设备。汗水烧灼着他的眼睛。

探测器响了。有个东西躺在地表几厘米之下,可能是炮弹壳,也可能是地雷。年轻阿富汗人的心狂跳起来:一场会面的前奏。他抚平衬衣下摆,用一根硬杆斜着探查土壤,勾勒出物体的轮廓。碰触金属时,小棒发出闷声。扎赫尔用探测器确认了物体的位置,在周围的土壤插上许多木桩标记。如果是苏联 PMN 地雷,三千克压力足矣,一条狗走过就能引爆。这附近沉睡的这种地雷可以装满很多辆车。他继续以针灸手法探测土壤。

第四个女儿去年冬末出生。前来帮助分娩的洁丝的姐妹们哭泣起来。房子里回响着她们的哀叹。如果有人来访，会以为在办丧事。一整个月间，他拒绝看望婴儿和她的母亲。晚上苦恼得无法入睡。为了缓解痛苦，他不停地回想第十六章第五十八和五十九节经文："当他们中的一个人听说自己的妻子生女儿的时候，他的脸黯然失色，而且满腹牢骚。他为这个噩耗而不与宗族会面，他多方考虑：究竟是忍辱保留她呢？还是把她活埋在土里呢？真的，他们的判断真恶劣。"经文给予他勇气。但他马上记起"真主使他们比她们更优越"[①]，便又困惑起来。无法在经书中找到问题的万灵香膏也成为早晨的一种折磨。

自从开始排雷以来，扎赫尔一探测到地雷就在脑中把它想象出来。扫雷人员的长处在于抽象化。他的眼睛是金属棒的延伸。他使物体显像，在思维中创造出它隐藏在地下的样子。探测完土壤后，扎赫尔得出结论，今早的这颗地雷埋藏的方式很奇特。他起初以为两件装置堆放在一起。这完全是无用功。如果希望增强破坏力，只需把地雷相连。把炸弹、TM 62 防坦克地雷和手榴弹串联在一起，将制造出可怕的火链。可以将各种各样的装置连在一条五十米的线上。走错一步，就能产生连环爆炸，掀起大地。扎赫尔在和苏联人战斗时曾制作过类似的连串装置。

---

① 《古兰经》第4章第34节。——原注

他想起那天一队共产党士兵踩上诡雷时的场景。他躲在农场矮墙后面,目光与一名金发男孩相遇。陷阱爆炸,切开了他的腹部。年轻士兵死去时喊着"妈妈"。一般而言,死者以最后一句话偿清他们见到的第一个景象。"妈妈"是扎赫尔懂得的唯一一个外语词汇。

但今天早晨遇见的并非诡雷。经过检查,并未发现任何缆线、任何接头。刷去黄土后出现的是一大块砂岩卵石。这块石头几乎露出地面,但数年风尘使它隐藏在目光之外。

他再次使用探测器。卵石底部与地雷表层之间没有任何空隙。石头在地雷上保持平衡。有人故意把它如此放置。他又清扫了一下。一条雕刻的绶带饰出现了:女人的长发。那卵石是一座雕像。

他又想到了洁丝!怎么办?几个月后,她又将怀孕。如果她生下第六个女儿呢?他预想着那场梦魇。邻居会怎么说?他们的嘴角将浮现微笑。大家会质疑他的男子气概。精子的活力与生育男婴之间一定有某种神秘的联系,生理的对应性。

或许是洁丝的缺陷?她的子宫或许只适合产出女孩。她的肚子是一片贫瘠的荒漠,而他不情愿地迷失在其中?"你们的妻子好比是你们的田地,你们可以随意耕种。"[1]为什么他的耕种无法诞生他

---

[1] 《古兰经》第 2 章第 223 节。——原注

希望的结果？为了得到一个儿子，他愿意失去一条腿。甚至两条。村里有一个人在反坦克导弹爆炸后被截肢。他在轮椅上生活，用衣物包裹着残肢。他的儿子们早晨把他推到桑树的树荫下，晚上轮流推他散步，把他带到清真寺。他看起来并不可怜。

扎赫尔继续挖掘尘土。一个军绿色圆柱体的金属边缘显现出来。那是一枚俄制 MS3：老相识了。它是一种双触发地雷，受到压力便触发引信，松开重力便引发爆炸。这是喀布尔街头许多双腿残缺者的老朋友。俄国人在阿富汗用它对付穆斯林抵抗者，然后圣战者用它自相残杀，最终由塔利班消耗完库存。

最有创造才能的战士使用这种地雷设下陷阱。随便把什么放在上面——一本厚书，一件武器，一盒钉子——踩到这东西的人释放压力，便得到三百克 TNT 绽放的一束礼物。滚烫的气流将夺去他的阴茎、腿、肚子、心脏或喉咙。

扎赫尔陷入沉思。破坏 MS3 毫无困难。只需清理泥土，在金属上放置一丁点炸药。点燃引信，预留一分钟时间撤离。炸药将摧毁地雷。一朵黑云升起，大伙儿说"又少了一个"。不用去想还有数百万个。

他用刷子清理了雕像上半身。他感觉那张小脸从漫长的睡眠中醒来，走出黑暗，皱起眼皮，以防御白昼阳光。这是异教时期的一个偶像。一节经文出现在扎赫尔脑中:"除真主外,他们只祈祷女神……"①

女神随着亚历山大大帝的大军一直来到巴克特里亚王国边境。远征军是很受神灵赏识的一种交通工具。马其顿人在马鞍两旁的皮套里塞满药瓶、饰圈和小雕像。在安纳托利亚高原、古波斯的山坡和印度河畔,人们曾经感谢宙斯和赫尔墨斯。于是,荷马史诗中神的形象随着军队的征战四处移动,来到各个已知世界的城墙下。斜斜移动的日光溅在燔祭的祭物上。战士的队尾还带着一群艺术家。士兵留下一条血痕,雕塑家散播他们的作品。后来,希腊人遇上佛教僧侣。希腊精神使东方神秘主义受孕,诞生了一种新式艺术。菩萨有了阿波罗的相貌。十五个世纪后,塔利班用他们愚蠢的火炮轰炸美的正典。埋藏在扎赫尔面前的小女神正是这些动荡岁月的沉积物。

前伊斯兰时代的小雕像常被用作 MS3 的帽子。它们由页岩或灰墁雕刻而成,个头小,分量重,非常受收藏者青睐,很容易出售。设陷阱的人一箭三雕:伤害敌人,惩罚他的贪婪,摧毁一座偶像。扎赫尔见过多少人坐在尘土里,目光迟钝地盯着自己的腿,不明白它为什么到了壕沟的另一侧。

---

① 《古兰经》第 4 章第 117 节。——原注

扎赫尔瞟了一眼,确认小队长没在看他。一个念头潜入心中。他的心脏跳得几乎炸裂开来。不该毁掉这尊小雕像。这件古董在巴基斯坦市场上价值千金。即使在喀布尔,找到买主也毫无困难。不该消灭这尊偶像:她可以为他带来一个儿子!

他起身检查保护果园的矮墙,取走那里的一块光滑的圆形卵石。他得用一块重量相同的物体替代雕像,不能松开引信上的压力。他把小雕像上的杂质全部清扫干净,围着地雷在黄土上挖出一条浅沟。动作得迅速,上司一刻不停地在每个岗位间来回巡逻。

他必须承认事实。经文第四章第三十四节毫无帮助:"你们怕她们执拗的妇女,你们可以劝诫她们,可以和她们同床异被,可以打她们。如果她们服从你们,那么,你们不要再想法欺负她们。真主确是至尊的,确是至大的。"打洁丝不会有任何用处。休妻更好。村里很多因出生博彩而失望的丈夫徒劳地教训生不出儿子的女人。痛打是他们的极限,神继续按自己的意愿播种。

他要换个妻子!雕像就是关键。它为他穿越岁月而来:"当你们休妻,而她们待婚满期的时候,你们当以善意挽留她们,或以优礼解放她们"[①]。经文独自来到他心中,灵魂飞升到皮肤表面。他精神焕发,开始工作。他会给洁丝钱,照顾她,遵从神的劝诫。他不

[①] 《古兰经》第2章第231节。——原注

愿看到她像邻家的女儿一样自我牺牲，人人都知道她是自杀的，村里的警长却宣布她是"家中意外的受害者"。

扎赫尔把一切清扫干净。在白炽的酷热中，雕像立在底座上。他握住雕像的腰部，使其牢牢地连在 MS3 上。触及石头的形状时，他打了个寒颤。砂岩呈肉色，像杏子一样柔滑，几乎有些温热。他很快就将手握一个真实的女人丝绒般的肉体！他把瓦刀的薄片滑进地雷顶盖和雕像底座之间。工具一毫米又一毫米地推进。他遇到引信的阻碍，它在顶盖上面形成了一个小肿块。扎赫尔插进刀刃，以精确的一击紧压住隆起部分。赢了。

他很富有：他会再娶。休妻和一夫多妻意味着需要资源。得有钱才能提供一个大家庭的开支。洁丝在他脑海里浮沉，那已是遥远的记忆。

他以手腕的全部力量把瓦刀薄片压在弹簧上。他抽走雕像，扔到身后的尘土中，落地时发出拳击羽毛枕般的声音。他伸出手想抓那块卵石，手指却只握住了虚空。他把那块压舱石放得太远了。他伸长手臂，还差二十五厘米。他把瓦刀紧压在地雷上，慢慢展开左腿，蹲在右脚后跟上，努力维持平衡。他的柔韧性不足，随着脚的延伸，忍不住颤抖起来。痉挛像冲击波一般在身体中传播，晃动手腕。薄刃滑动了半厘米。他坚定地把它放回原处，收回腿跪下。

"该死的偶像!"

休息一下,镇定一下。他吞进一升空气。还没有起风。暴晒的杨树静止不动。汗珠滴落在土壤中,每一滴都凹下一个小小的环形山口。

他闭上眼睛。给自己娶几个妻子?"如果你们恐怕不能公平对待孤儿,那么,你们可以择娶你们爱悦的女人,各娶两妻、三妻、四妻。"① 四个!统计法则一定会给他一个儿子!必须完结这一切。

他的身体画出一个由三条弧线组成的奇特尖拱形状:一条腿支撑,一条腿绷紧,用手把瓦刀紧按在地雷上。

他用脚尖触及卵石。他又绷紧一点,勾住石头,开始慢慢把它勾回来。小腿肚抽起筋来。他知道得大口呼吸,将空气注入血液,以缓解收缩。他喘息起来。

他愿以一切代价让腿休息,等待几分钟,再重新开始工作。麻痹感蔓延到膝盖。他希望一下子收回脚来,以缓解疼痛。凉鞋的鞋尖撞上了那块卵石。爆炸的回响一直冲击到了护墙墙根。

---

① 《古兰经》第4章第3节。——原注

扎赫尔的脸埋在黄土中,趴在一块有些下陷的洼地里。躯体冒着烟。赭石色的土尘吸收了血。

他的身畔是毫发无损的阿尔忒弥斯雕像,游荡的狩猎女神,牝鹿的朋友,泉水的女王,少女的女神,她保护受难的妇女,为那些粗鲁的野蛮人对其保护者无休止的侮辱复仇。

出　错

海尔茂：可是男人不能为他爱的女人牺牲自己的名誉。

娜　拉：千千万万的女人都为男人牺牲过名誉。

——亨里克·易卜生，《玩偶之家》

我们目前处于第四时，争斗时①……

——勒内·盖农，《现代世界的危机》

吉拉昂，尼泊尔古隆地区的村落，八点

阿伦饿了。现在是早上八点，他的餐盘空空荡荡。房子里一片寂静。一阵清风带着附生植物的香气掀起窗帘，穿堂而过。一只捕猎完毕的壁虎恢复平静，匍匐在雪松木梁上。阿伦有些不安。通常在这个时候，高压锅已发出鸣笛，蒸汽一直喷射到天花板。门前正

---

① "争斗时"是印度教中四个宇迦循环中的最后一个宇迦，也是目前所在的宇迦。——译注

对着甘尼许亥玛山顶峰。拂晓时的冰峰呈米色。

阿伦茫然无措。八点十分了,他的餐盘还是空的。壁虎消失了。这种粉红色小动物移动起来时,眼睛是跟不上的:人们会以为它凭空解体了,直到它重新出现在更远处。他结婚多久了?十年。十年间,这是第一顿没有准时出现的饭。这甚至是古隆人在地球上存在以来的第一次。如果这种事曾经发生过,一定会成为一件奇闻。人们会在晚上坐在菩提树下,喝着大麦酒,抽着大麻烟,讲述这个故事。阿伦也一定会记住它。他不敢动:恐惧占据了他的身体。

唯一的解释是他的妻子死了。她可能被河水卷走了。季风是一台收割机。妇女们早餐前在河边洗衣服,把衣物摊在岩石上。但有时会有人踩滑一块石头,被湍流攫住。水流什么都不会归还,甚至叫喊的回声。她也可能因为柴垛的重量失去平衡,在悬崖边的小路上脚滑了。上个月维克拉姆的侄女就是这样。

突然,一个人影出现在门框里,遮住了山峦。房间里略微暗沉下来。是卡莉,阿伦的妻子。她并没有死,看起来甚至精神焕发。

"米饭呢?"阿伦严厉地说。

"我喂猪了,去看看它们有没有给你留下一点。"

圣罗兰福音教会社区,得克萨斯,十点

孩子们在尖叫。热汤的香味沿着楼梯爬到房子二楼。雅各布在读《圣经》。晚餐时间，孩子们进入了他们昼夜循环中的达尔文主义阶段：汤的味道唤醒了身体的力量。叫得比别人更尖利，才能更好地填饱肚皮。哭喊声和南瓜的气味使雅各布从《哥林多前书》中抬起头。他用皮质书签标记好页码，手扶栏杆走下楼梯，心里还想着扫罗的话："……男人本不该蒙着头，因为他是神的形象和荣耀，但女人是男人的荣耀。起初，男人不是由女人而出，女人乃是由男人而出。"

十九点三十分。餐桌上如同世界末日。丽贝卡用勺子敲击汤盆。乔布用手指把污迹涂在桌布上。塞缪尔把水倒在十八个月大、在椅子里啼哭的宝宝头上。其他孩子分别为三岁、四岁、六岁和九岁，正在桌下打架。艾莉森已经无法控制局面：儿童特攻队已经攻克旗舰。雅各布做了饭前祷告，一口气喝完汤。艾莉森得用一个半小时料理完孩子，让他们睡觉，获得安宁。睡意最终会占上风。

二十一点三十分。雅各布又开始阅读。保罗现在到了以弗所布道。艾莉森洗碗，准备早餐。安静的房子里不时发出碗碟相碰的响声。

二十二点三十分。她回到丈夫所在的卧室，脱衣，沐浴，睡下。雅各布在二十三点熄灯，伸出左臂环绕妻子的腰。

"今晚不行。"她说。

"你病了？"

"没有。"

"那是为什么？"

"今晚不行，要么你退出。"

"什么，我退出？"

"我不想怀孕。"

雅各布打开灯。在说严肃的事情时，应该相互直视眼睛。

"你想像那些不信教的人那样？"他咬着牙说。

"我唯一想要的，是不再怀孕。"

"神说：'要生养众多，遍满地面。'"

"地球已经满得像个羊皮袋！这座房子就更不用说了。"

"这轮不到我们来设限。"雅各布说。

艾莉森翻过身去，把被子拉上来，握在手中。

"我不想再要孩子了。"她说。

"你被魔鬼附体了！"

"那也比小孩强。"

雅各布颤抖起来。不论她情愿与否，她都得接受他的种子。他抓住妻子的肩膀，但艾莉森动作更快，用陶制台灯座打烂了他的头颅。她从未像今夜这样酣睡。九年婚姻生活中，她的丈夫第一次没有打鼾。

克尔曼，克尔曼市长官邸，伊朗南部，十一点

市长费劳兹·纳杰利在桌旁坐下。他的妻子费鲁泽上好了菜。她在丈夫面前放下在圆形土炉壁上烤好的面包。市长的女儿们也鱼贯而入：四个温顺的孩子和母亲一起围着一张放着蔬菜和奶油罐的毯子坐在地上。她们每天都像这样在父亲脚边用餐。

市长坐在扶手椅中，在放在宽大扶手上的锡盆里洗手。大女儿拿着水壶，小心翼翼地倒出清水。水流使死寂的气氛欢快起来。费劳兹·纳杰利的目光落在其他女儿身上，第四章第十一节经文到了嘴边：

"你们的父母和子女，谁对于你们是更有裨益的，你们不知道。"

他抬眼望天，叹息一声。市长用手指撕开鸡肉。他想到自己的兄弟去年生了一对双胞胎儿子。神的赐福！如果神给他一个儿子，他要给他取名哈桑。那个孩子会坐在他面前，享用米饭。

突然，一件闻所未闻的事发生了。费鲁泽搬来了几把椅子。她从客厅里搬来，围着桌子放下，然后她坐下，并让女儿们仿效。小姑娘们也一个接一个入座。

市长停止咀嚼。他似乎震惊不已，就像肚子被打了一拳。从来没人在他家屋檐下嘲弄真主的教诲。

"你侮辱先知。"他对费鲁泽说。

"是他侮辱我,你要是男人,就该维护我。"

"回到你的位置。"

"我的位置在桌旁。"

"你的位置在地上。"

"那是狗的位置!"

"那是女人的位置,还有……"

费鲁泽不听了,她端上葡萄干米饭,孩子们热烈地交谈起来。快乐染红了她们的脸颊。她们笑着,无视父亲的目光。市长双手放在桌上,面如土色,注视着世界崩塌。

他在记忆中搜寻,没有任何关于这一场景的经文章节。没有救生圈。

布兰德拉纳普尔村,古吉拉特邦,印度,十二点

正是灼热的时刻。天空如同锻炉。动物、人和神都躲在阴影里。甲虫放弃了飞行。蝴蝶让翅膀吹吹风,水牛试图完全消失在淤泥里,狗的舌头耷拉着。

院子里没有一个人,街上也是。到时候了。维克拉姆打开母亲早上交给他的汽油桶盖子,轻轻推开厨房门。美茹正在准备午餐的烤饼。她身穿黄色纱丽,蹲在煤气灶前。"得等到她穿着尼龙纱丽

时。"父亲叮嘱。维克拉姆倒空油桶。美茹甚至用不着听见擦火柴声，也能知道自己将燃烧起来。

她早已感觉头顶阴云密布。乌云因仇恨而沉闷地滚动，比季风期更加阴沉。她的父母远在偏僻农村，已不再汇来她的嫁妆款项。公婆家是一只双面生物。在殷勤关切的面具下潜伏着一头贪婪的野兽。带不来钱的妻子是枯竭的泉源，死亡的肢体。没有钱，就没有出路。在那些无法偿清债务的妻子中，运气最好的被休弃，其他被烧死。

有些念头比火苗更加迅速地出现在美茹脑海中。梵天为何创造女人？迦梨的暴力是否需要一个容器？织物着火了。她知道尼龙会害她死去，必须脱掉这件纱丽。火舌触及皮肤。但挂在星辰间的命运羊皮卷写着美茹不会化为灰烬，也不会成为报纸"家庭意外"专栏中的一条简短声明。

维克拉姆还没来得及退出厨房，他的妻子就扑上前来。维克拉姆每天早上都要用凡士林抹亮的引以为豪的髭须立刻燃烧起来。这个来自平原的可怜孩子在惊愕中甚至没想到扔掉油桶。他像硫黄一样点燃了。两秒钟内，比维克拉姆更敏捷、更灵活、更矫健，尤其是因多年仆役活而更加敏锐的美茹冲出房间，撞开门——冲击力使门闩掉落下来——三两步穿过院子，扎进水牛所在的小溪。

她的身体冒着烟，但只会在皮肤上留下一些疤痕。人们听见那个年轻人的尖叫。她的公婆仍在窥伺，然后跑来，吓呆了。美茹活生生地躺在水塘岸边。那么在厨房里受难的是谁？父亲撞破了门。维克拉姆死了。美茹走近公公。破碎的纱丽紧贴着胯部曲线。

"你们的儿子无能，但他今天更胜过以往。这个蠢人，和他父亲一个模子里出来的。"

她抬脚转身，往她自己的家走去。

第戎，法国，十三点

他们面色通红油腻。动物蛋白质、消化不良、自满和自由放任使他们的脸颊血管爆裂。酒糟鼻和圆滚滚的肚子标志着他们是共和党的显要人物。商会成员在大厅的仿大理石灰墁下齐聚一堂。午餐中还有太太们和珠鸡。

"那些穆斯林，"安格莱德说，"他们只知道上天的法则。神决定，人执行。但伊斯兰教不能与时间的前行对抗。进步会把它压垮！"

"你开玩笑吗？"法尔内塞说，"他们还有女人！因为有她们，伊斯兰教法永远不会退缩！穆斯林有一套了不起的服务体系，比任何一个资本经营企业都巧妙。一半人类把另一半归为己用。男人建立了一套奴隶制，还包括性服务。他们永远不会放弃这种掌控着一群任其奴役的无产者的特权。"

安格莱德已经灌下一瓶墨贡产区红酒。酒让他耳朵发热,情绪高昂。

"我该把我的女人派过去,一个就够他们受了!"他说。

"别这样说我。"他的妻子悄声说。

他甚至没听见她的话。他开动了!顺着诙谐的车道飞驰。

"他们很快就会懂了。"他补充说。

周围的人大笑起来。安格莱德总是妙不可言。

"路易,住嘴……"

"哎!看看!在这儿她就想批评我了!救命!"

"你让我很难堪。"

但他精神焕发,他手握肥缺,事业成功,自认为诙谐幽默。他结婚三十年了。三十年摧垮了爱情。他可以为所欲为。无论他做什么,妻子和他都锁在一条链上。他是岩礁,她就是文蛤。他继续说:

"甚至因为这个我才参加议会选举,就为了有个讲坛,因为我在家被禁止发言。"

"路易……"

"有些布卡也消失了!"

大家鼓起掌来,他愈加放肆。

"您呢,正好相反,您脱下布卡是对的。"他对坐在右手边的二十八岁议会女随员低声说。

安格莱德太太站起身,摘下结婚戒指,放在桌布上,在墓穴般的死寂中离开房间。她在出门前回身说道:

"三十年的粗野举止该结束了。"

十七名女子一同起身,走出帝国厅。

科布西翁,墨西哥地区,十四点

佩德罗·拉米雷斯睡得死沉。太阳已到中天。热浪席卷山区,狗在拱廊的砖墙下寻找荫凉。他横睡在床上,床头是七苦圣母雕像。一支蜡烛还在燃烧,烛光在圣母脸颊上跳动。天花板上有个黑点,是只苍蝇。

蠢货里卡多的车冒着一束火星开过。他一直没找人修理排气系统。狗吠叫起来,但没追去。佩德罗·拉米雷斯睁开一只眼睛。眼皮的缝隙里嵌进了门上的白斑。酷暑的熔炉没踏进房间,留在门槛上,屋里很凉爽。佩德罗·拉米雷斯闭上眼睛。苍蝇飞起来,在六十厘米外停下歇息。

在目前这个阶段,佩德罗还会难受一两个或三个小时。毒素一直存在于血液中。他感觉心脏一直提到了脑袋里,每次心跳都撞击着大脑。再也别把啤酒、威士忌、麦司卡林和龙舌兰酒混在一起了。苍蝇停在他额头上。他赶走苍蝇,感觉手疼。

他昨晚狠揍了一顿。玛丽亚让他关门，调低电视音量，别再做那些"吸毒制毒师的蠢事"。从他儿时起，别人就总对他发号施令，说他该做什么。人人都以为自己知道什么对佩德罗·拉米雷斯有益。当玛丽亚像他母亲一样对他说话时，他就无法忍受。他抓住她痛打一顿，让她学到，不能像对待孩子一样对自己的男人讲话。那个小婊子总是忘了他已经不是孩子。她和往常一样倒在地上，他把她拽起来，痛打她，她和往常一样没有叫喊，以免吵醒卧室里的孩子。佩德罗看着自己的拳头。玛丽亚的脸怎么能这么硬呢？

玛丽亚不会去告状。她的父母住在 Q 城，还有孩子，他还那么小，还需要他们。她不会牺牲孩子的前途。至于科布西翁的民兵营，人人都知道他们是怎么对待女人的，去那里申诉要付出什么代价。

唯一的问题是血液里的毒素。五年前，他喝同样多的酒以后能在正午起床。血把一切冲洗干净。年老就是当体内蒸馏器衰竭的时候。

一个黑影在他眼皮下经过。有人挡在门前，遮住光线。他睁开眼睛。

"怎么……"

他在逆光中看见了长枪。他认出了自己的雷明登枪，然后看清了玛丽亚。她向房间里走上前两步，开了三枪。一颗子弹射进头部，两颗打在胸部。一滴血飞溅到圣母像上。苍蝇飞起来，找到了通往露天的路线。

比什凯克，吉尔吉斯斯坦，十五点

阿里·祖巴耶夫是一名波斯尼亚上校和一位阿尔巴尼亚牧羊女的儿子，也是D将军的密友。阿富汗冲突时期，将军在苏联军队里撒下混乱的种子。今天，祖巴耶夫是中亚最大的贩运妇女组织的老板；今晚，他是个幸福的人。他将在他位于比什凯克的"帖木儿"夜总会庆祝自己的五十五岁生日。安保服务由他自己的人承担。他还给他们增加了几个政府警察作为补充：这些军帽子一晚上赚的钱等于政府付的一季度工资。客人们纷纷抵达。一场豪车芭蕾：茶色玻璃的梅赛德斯600和悍马。D将军的伏尔加也到了，他一直下不了决心接受资本主义的轿车。

俄罗斯人、车臣人、阿塞拜疆人、阿尔巴尼亚人、土耳其人：共有三十多人响应了他们朋友的邀请。前者金发偏分，身穿黑色大衣，其他人的标志是镶金门牙。晚宴尚未开始，大家已经垂涎欲滴。塔季扬娜·梅琴科组织了这场晚会。三年来，这个乌克兰女人为祖巴耶夫提供新鲜肉体。她了解祖巴耶夫对雅利安美女的喜好。他喜欢神色迷茫的姑娘，半透明的二十二岁忧郁金发女郎。东方女子则过于邪恶，让人以为她们即使在亲吻时也在挑唆政变。俄罗斯女人更呈乳白色，气味像萝卜。

这个淫媒每年发掘美貌新人。她从维尔纽斯到基辅，从托木斯克到明斯克，在乡村和大学里勘探。过去的苏联是一个意识形态实验室；今天，曾经的帝国成为一个性人才储备库。梅琴科用舞者的前途引诱这些外省女神，结果她们发现自己被监禁在"帖木儿"的地下室或塔什干的酒吧里。祖巴耶夫为她们听诊、进行试用，然后丢弃：她们开始登台。她们紧贴着镀铬的金属杆度过夜晚的前半段，后半段则紧贴吸毒后精神恍惚的新贵。

祖巴耶夫宾客的晚餐直到午夜。人们随意地喝着法国陈年名酿，吸着古巴雪茄，等待晚宴的高潮。阿里答应他们进行一场最漂亮的样本走秀表演，展示他的存栏牲口集锦。这些女孩被用于观看、购买、推销。买入，出售，这里的所有人都精于此道。

阿里让人调低电子乐音量，登上舞台："朋友们，享受你们将要看到的一切吧，好好选择！万岁！"帷幕升起，面对舞台的是一片惊愕的沉寂。

人们一言不发，面面相觑，然后声音越来越高："这是个陷阱？""你背叛我们？""混蛋！"

阿里想重新掌控局面。他跳上舞台："放下幕布！"但幕布并未垂下。"朋友们，听我说！"但没人听他。"听我解释，冷静下来。"但武器已经出鞘。音调越来越高,人人都想揪住阿里。一声枪响。

第二天,报纸报道了"帖木儿"的死亡人数,寡头中总计有十二具尸体。

报纸没有说明的是,塔季扬娜·梅琴科在升起幕布前的几小时释放了她的奴隶。来宾们发现,舞台上取代她们位置的是他们的母亲。这些女士应乌克兰女人之邀而来。帷幕升起时,她们正严肃地并排坐着。

*

历史学家永远无法就这些事件的原因达成一致。没人知道发生了什么。崩塌突然发生,清除了一切解释的可能。瓦砾湮没了见证者。邪风吹散了记忆。

这场暴动的单子是否在空气中飘浮?叛乱起源的孵化过程是否就像几位发明家各自在孤独的实验室里同时发现悬浮在空中的理念?是否曾有上天的启示?真理在地球一半人口的内心孵化?从圣保罗到利伯维尔,从安特卫普到约翰内斯堡,在同一瞬间,数十亿妇女毫无先兆地受同一种冲动驱使,摆脱束缚,向未知前进。

暴力突然失去了平常的对象。替罪羊从沉睡中苏醒。妇女们摈弃了维持千年大厦平衡的方程式。全部覆灭。这一天过后,几个月间,一股解除锁链的力量撼动世界。

人们互相殴打。

骚乱四处爆发。股市崩溃。疯狂在地球表面肆虐。火光熊熊,长久地照亮夜晚。

为数稀少的幸存者将这一事件称为"女性暴乱"。秘教学者声称这开启了争斗时的最后一刻,而这"黑暗时代"起始于被阳光照晕的几个先知宣布女人来自男人肋骨中一块多余的骨头。

湖　泊

倒计时二十天

小屋在湖畔冒着烟。彼得早上九点睁开眼。在十一月的森林里，人们不急着起床。在暖融融的床铺和结冰的林下灌木丛之间，身体不会犹豫。内部机制使躯体尽可能久地保持睡眠状态。这是冬眠的精神变体。曾在西伯利亚冬季睡在火炉旁的人会懂。

还需坚持二十天。考虑到他已经在此度过的一万四千天，这事在他看来并不困难。但彼得醒来时明白，二十天焦急的等待比四十年屈从更加沉重。他往外瞟了一眼。窗玻璃上的冰晶，铅色的天空，静止不动的森林。没有一丝气息。钉在屋前冷杉上的温度计显示为零下二十七度。寒冷的首要表现是寂静。彼得起身，小心翼翼地记下日期，**一九九五年十一月三日**。他像珍视生命一样珍视他的日历。从某种意义上说，他的生命与保存完好的日历相连。每天早晨，在把一片木柴放进火炉之前，他用细小的字体写下当天日期。那是一场仪式。森林里的一天由仪式组成。从怪癖到习惯，人们以此打发夜晚到来前的时光。在树林里，个人纪律和刀一样是必需品。知道日期是尊严的一种表现。在监狱里，不会计算日子的家伙比其他人更早发疯。本子上的第一行写着**一九五六年二月二十九日**。

所以只剩二十天了。必须遵守规则，加倍集中精力：死亡有时会在最安全的小径上击倒你。

储备几乎已经耗尽，所以他又砍了二十天要用的木材。一根树干即可。他劈开冷杉，只套了两件羊毛衬衣。在零下二十七度气温下工作时，两件衬衣足矣。寒冷只会影响懒人。低于零下三十度时，就得穿上外套。生活中有些阈限。

他回屋沏茶。他用匕首剔开干茶砖，沸水使茶叶像鱼一样在金属杯里涨开游动。滚水烫到嘴唇，他一边呷着茶，一边翻阅桌上的书。他共有八本书。六本是进步出版社的大仲马作品，一本是俄罗斯狩猎武器画册，还有克努特·汉姆生的《牧羊神》首版精装俄语译本。这本书的历史上溯到革命以前。他不记得这本小说如何落到他手中，也不去想象它为何能够安然度过一九一七年风暴。彼得喜欢这句话："……因为我属于森林，属于孤独。"他用刀把它刻在门楣上。如此一来，极少数几个给他带来新鲜气息的来访者能收到预警。

他透过玻璃看着湖面。好像湖岸之间扯开的一块布。他记得战争刚结束时参加的一场宴会。宴会在军官食堂举行,他二十岁,是个服务生。桌布也是一样的:洁白无瑕,光滑如镜。只不过在这里,在湖泊的餐桌上,宾客寥寥,而且不会久留。

晚上,他去取水时看到沙滩上有熊的痕迹。

倒计时十九天

他在温暖的被窝里想着昨晚的痕迹。野兽不会接近小屋。在这个季节,自然界准备过冬,熊准备迎接长夜。这头野兽在湖边漫步了很久:沙子上布满脚印。或许它闻到了帕维尔上周从镇上带来的火腿的香气。

而狗也没有叫!狗有时会和熊缔结友谊。在野兽接近时,它们不会吠叫,反而发痴,藏进它的皮毛,舔其中的皱褶。

约十一点时传来隆隆声。一艘小艇从远处驶过。或许是艘渔船。四十年来,彼得养成了习惯,每当听见任何引擎声,就守候在门前。无论在做什么,他都会停下来仔细观察。树木遮蔽下的生活过于简朴,不会错过在远处水面上劳作的小船带来的纷扰。

湖周围的人都认识彼得,还给他起绰号叫"森林老人"。没人记得他何时在树林里定居下来。小艇不会绕弯。但渔民常常前来造访这位隐士。他们给他带来罐头、新闻、子弹和收音机电池。作为交换,彼得慷慨地赠予他猎来的肉类、咸鱼、在夏天装满广口瓶的越橘，以及火炉的温暖。暴风雨来袭时，人们躲避在他的港湾。领航员在那里总能找到吃喝用度，即使狂风把他们钉在那儿三天。在发生大火的那年，护林员在他家待了两星期，监测火情进展。他以真心招待他们。当他去森林里打猎时，从不关门，以备有人出现。他不害怕盗贼：泰加森林里没有寄生虫的位置。

在所有来访者中，帕维尔是最忠诚的一个。他是佩特罗纳镇的渔民，该镇离此地步行需要五天，快艇需要五小时。他不时前来拜访他"森林深处的朋友"。彼得委托他订购某种工具或给养。交货时可能已经过了两个月。

"我不知道什么时候能再来。"帕维尔说。

"没关系，不着急。"彼得说。

"你是怎么坚持下来的？"

"前三十五年最难；后来就习惯了。"

倒计时十八天

白天很美。阳光照亮山坡的釉面。彼得虔诚地观看了数千次日落。如果天堂是预留给那些凝视过世界美景的人，他一定有一席之地。否则，他一定会下地狱。

透过双层玻璃，彼得拥有画家般一览无余的视角。黑松林消失在离小屋一百米处的湖里。通过缺口，可以看见新月形卵石滩向北延伸，逐渐被砂石板淹没。无垠的水平面融化在雾中。耙钉形的山脉护卫着天际线。

夏季，游客乘着快艇环湖游览。他们用一周时间走完五百公里湖岸。当他们发现彼得的小河湾、林中空地的小屋、守护森林的湖滨岩礁时，希望在这里野营。彼得接待他们，与孩子们玩耍，教他们寻找蓝莓。第二天，小家伙们因不得不离开而哭泣。老人和小孩像和狗一样迅速热络起来。

三天前，他射死了一头驼鹿。把肉切块花了他上午的部分时间，中午回屋喝茶。他透过沸水的蒸气凝视着湖：天和水形成倾斜镜子的两个面。它们向天际线汇合，但山脊阻碍它们相交。

十八天。生命中的插曲会如此简单地关闭吗？他该做什么？烧毁小屋？回到镇上生活？在那里定居？他能重新习惯于他人吗？

晚上，他去找木柴时看见了熊。野兽在水边游荡。狗并未吠叫。彼得咒骂了一句，跑回去取枪。当他手握武器走到门槛时，熊已经消失。

倒计时十七天

他砍柴，钉紧一块松脱的壁板，磨快工具，读了一段汉姆生作品，补渔网，从湖里汲水，重钉袋子的一个面，用上季度的报纸卷烟。四十年的生活就是这样度过：一系列维持生命所必需的动作。他很快将获得解放，西伯利亚的阳光将以更加欢快的色彩照耀人间。

今天没有熊。但他白天仍然把手枪斜挂在肩上。

倒计时十六天

温度计的数字继续下降。黑颈鹅列队飞过。约十点时，下了第一场雪。中午，雪上已经遍布熊的脚印。这个坏蛋一定正在寻找过冬的巢。"你可能感觉到了，住户很快就会离开。"彼得看着森林边缘说。他得修好陷阱。

倒计时十五天

在小屋里度过一整天。因为外面……寒风大作。

倒计时十四天

他夜里做了一个噩梦。梦见自己在托木斯克的监狱牢房里。湿润的光透过毛玻璃天窗。一只蜘蛛在墙壁接缝处生活。门打开，一名军官出现，吐出一句话："你熬过了四十年。"彼得在门砰的一声关上时醒来。

整个白天，他都在修理三年前弄坏的陷阱。那年秋天，彼得外出了几天，在泰加森林里打猎。在小屋旁边，一头重二百五十千克的熊的脚掌被陷阱所困，它拼命挣扎，甚至绞坏了装置的一根弹簧，最后精疲力竭而死。彼得把这器具搁置一旁，从此只用长枪猎熊。

但这头动物把狗笼络了。它像一个车臣人那样不怀好意地徘徊的样子，不断回到这里的方式，湖畔沙滩上交缠的脚印：它在策划一件坏事……离结束还有几天了，彼得不能冒任何风险。

倒计时十三天

天气转暖。刚出现第一缕微光，彼得就把渔网安置在沙堤脚下。划船半小时才能抵达这个地方。辛苦没有白费，因为这里从不缺少鱼群。这是危险的一天。它带有数字 13。不冒任何风险。他坐在桨板上，点燃一支用七月一份日报上电视节目页卷起的烟。他用戴着连指手套的手抚摸凹凸不平的铝壳船体。有了枪、刀、书和望远镜，小船是一个友好的物件，四十年来不遗余力地为他忠诚服务。他在船腹中感觉很好，与它温柔交谈。森林里的遁世生活使他对世界产生一种奇特的观念。他相信物体被无形的力量驱动，万物都有征兆，物质世界建立于神秘秩序之上，动物和植物保管着远古的秘密。在宇宙的进程中，任何微小的事件——一只小鸟飞翔、一条蛇窸窣游弋、波浪的节奏——都是宇宙向自然界表面那些被授予奥义的灵魂发送的信号。而人，即使了不起的帕维尔，都只是些自动木偶、自身激情的可悲奴隶，因欲望而变得愚蠢，规则的囚徒。必须时常与这些机器交谈，避免其颌骨萎缩。他一生中与小船的闲谈比与同类更多。他用力向小屋划桨。晚上他还将返回这里，把渔网拉上来。

他回忆起在森林里定居时的情景。一九五六年。赫鲁晓夫在莫斯科，二十大会议，而他在这里，离托木斯克两千公里……他想起与猎场看守进行长时间谈判以获得占据小屋的权利，那些对提问编造的回答，呈给保护区负责人的假证件，然后花了几个月修葺小屋，乘汽艇来回运送必需品……

火炉呼呼响，上面烧着水。狗卧在旁边。斧头立在砧板上。刀放在门框上。猎枪靠着门柱。彼得躺在床上，目光盯着天花板的圆木。就在此刻，渔网在冰水里飘动，鱼纷纷前来走向死亡。它们的肉将为他提供继续生存的能量。一切处于平衡状态。小屋生活是宇宙的缩减，却是一个既不会延伸也不产生混沌的宇宙。只有秩序。

他起身往火炉里扔了一根木柴。每次把木柴送进炉子时，彼得都仔细检查一番。他不想冒险把有些虫子烤熟。在把木头送进地狱前，他反复敲打，把食木虻赶出来。在户外，当他在砍原木时踩死一只天牛，或意外撞上蚁巢时，总是深感耻辱。杀死一头驼鹿，撕碎一头熊，用陷阱捉貂，这对他的触动要少一些。但昆虫……这些小巧的节肢动物有着光亮的制服和花边般的薄翼，如此精致纤细。

他有时把它们罩在玻璃杯下,观察几小时再放走,并不伤害它们。他正是为此赦免它们:感谢它们的美。

四十年前,彼得在托木斯克杀了一个人。

倒计时十二天

彼得有一条狗,以免孤单;有一杆枪,以免饥饿;有一把斧头,以免挨冻。这一天,他抚摸着狗,给枪上油,磨快斧头。当人们拉上森林的幕布,遮盖了一切野心时,生活并不复杂。

倒计时十一天

有那么一刻,他犹豫是否要写日记。但这么多年间,会发生什么值得记录呢?撰写作品的隐士有一团火在吞噬心灵。彼得心里没有任何火花。如果他感觉有一颗心在跳动,就已经过得去了。

他在杀死那名军官时没有任何感觉。那是一场无动机犯罪——一个无缘无故的动作。战争期间,彼得在格拉诺夫中尉手下听令。一九四五年三月,他在波美拉尼亚前线,在斯德丁湾与波兰战士并肩作战时度过了二十岁生日。十年后,他在大学附近的一条街上与中尉偶遇。他们买了两瓶酒,在军官家里喝得大醉。午夜时,彼得去售货亭买了第三瓶酒。他们比前两瓶更快地喝完了。公寓里暖气过热。彼得难以忍受飘浮着的香肠气味。中尉谈起他新买的日古利轿车、被鄂木斯克电机大学录取的两个女儿、附带菜园的乡间"达恰"和在列宁格勒的休假。彼得无言以对,因为自从战争结束,他就住在母亲的公寓里,在厨房或醒酒的单人牢房里睡觉,在因怜悯而雇用他的养路工地上也待不过连续三天。中尉继续盘点令他满意的成就。他的妻子三次走出卧室,谩骂她的男人,让彼得滚出去。她是个穿着浴衣的金发胖女人。彼得抓起酒瓶朝她脸上砸去。女人倒下了。中尉用右拳给了彼得下颌无力的一击。两人相互打翻在地。彼得抽出刀,像宰杀一条梭鱼一样从上到下给军官放了血。插进柔软的肚皮,又仔细认真地向上一直捣到神经丛。然后在已然昏厥的他妻子的浴衣上擦净钢刃,带着还剩一点儿酒的瓶子走到街上。

倒计时十天

失眠。那个日期逐渐接近,令他神经紧绷。五天后,他将出发,步行五天,一切将会结束,一切将会开始。他打开收音机,成功收听到莫斯科电台。酷热使加尔各答死亡两千人。一名特派记者描述着情况。由于背景噪声,几乎听不清他的话。彼得在床上坐起来。从窗户看,月亮落在湖里。寒冷、寂静和孤独是当代世界的三种奢侈品。

黎明时分,熊的足迹散布在小屋门前的雪地上。这野兽白天并未出现。黄昏时，彼得在岸边的一棵雪松下安置了陷阱，用驼鹿内脏作为诱饵。

倒计时九天

　　桦树在落叶，有些已经光秃秃的。从远处看，光亮的树枝交错，如同淡紫色的花边。彼得没有走出小屋。外面起了暴风雪。阵风卷来乱雪：寒冷在风中散开发丝。这天夜里，彼得觉得听见了挠门的声音。

倒计时八天

　　那天晚上的渔网收获颇丰：一整桶肥美的红点鲑鱼。他清理了内脏，用盐腌了鱼。余下的日子有这些已经足够：能够支撑到离开的那天以及五天步行。如果发生奇迹，一艘汽艇将在他出发的那天路过。但他不相信运气。在他刚刚经历的一生中，尤其缺乏的就是运气。

　　他的好运是发现了小屋。杀人以后，他任由灵感指引。他来到调车场，上了一列运输铜缆到阿穆尔河畔一座工业城市的火车车厢。铜不太能隔绝寒冷。旅程持续了四十八小时。他与一名已经蜷缩在角落的难友交谈，获取一点热量。那是一名俄国神秘主义者，一个数年没有洗澡的流浪汉，总是扒火车在这个国度来来往往，秘密地祈祷。两天后，在火车的一次技术停车时，逃窜的杀人犯深夜在湖畔的一个车站下车。他判断，罪行与他相隔两千公里，应该足够了。他不想叫醒熟睡的朝圣者，因为他更希望偷走他的证件。那个可怜人名叫彼得。凶杀犯借用了他的身份。

他在自然保护区找到了一份护林员的工作。他没被过多提问：在这座距离一切人世生活需要五天步行的小屋，能找到一个自愿居住的人已属运气。彼得安置下来，照看空旷天际线下的美景。二十年后，莫斯科预算紧缩，加速关闭俄罗斯领土上的大量保护区。彼得被遗忘了，如同一艘没有船长的帆船搁浅在湖岸。

倒计时七天

温度计显示零下二十度，空气清澈透明。可以清楚辨认五十公里外的对岸。森林从多石的山坡奔流而下，直到沙滩。湖面波浪起伏。激浪打断了鹅卵石组成的线条。沙滩上没有新的痕迹。熊或许已经抛弃这些地方。"七天。"彼得说。为了平息狂热的情绪，他喝下一杯浆果酒。甘露呛着他的气管，在腹腔释放丰厚的热量。他在窗前举起第二杯："敬湖泊！"

他在半夜醒来。他在桌边睡着了。酒瓶已空。他恍惚觉得一艘张着破帆的幽灵三桅帆船在湖上航行。月亮照亮了云朵纱团。

倒计时六天

醒来时的远景：绒鸭在天光微明中飞翔。它们的纵队向南喷射。它是否意识到自己的壮丽之美？"明天，天一亮……"他了解维克多·雨果，在课堂上学习过。在苏联小学，大家敬仰这位"伟大的法国社会主义者诗人"。明天就该出发了。他准备行囊：五天的咸鱼，帐篷，猎枪，毯子，斧头，子弹，望远镜，火柴。他将向南行进，湖将在他的右侧。他将沿着动物穿行开辟的湖岸小径，离岸边略有距离，就在树木的帷幕后面。苔藓和腐殖土的地毯使得步伐轻快灵活。

他想象抵达镇上的情形。他将在帕维尔家过一夜。四十年间，彼得只拜访过他两次。第二天，他将前往警察局，求见警官。

局长会对他说：

"彼得？你从洞里爬出来了？"

他将用这句已在心中打磨四十年的话回答，这句话将归还他的身份，在人民的裁判所清偿他的账目，恢复他的权利：

"警官，我不叫彼得。我是伊万·瓦西里耶维奇·戈洛维诺夫，为一九五六年在托木斯克杀死军官格拉诺夫前来自首。四十年后，我请求赦免我的过错，按照俄罗斯法律规定，已超过追诉时效。我要求追溯发放我的退伍军人抚恤金。"

俄罗斯社会需要四十年抹去你的罪行。时间很长，但比在东正教球形屋顶下赦罪更加值得。

倒计时五天

　　太阳从东侧山脉上方照射第一缕光。彼得已在向南前进。狗在他前方三十米处跳跃，在古老的树根间搜寻。

倒计时四天

　　火堆旁的夜晚十分舒适。在湖畔度过的白昼漫长。火堆旁度过的夜晚将会很好。

倒计时三天

　　遇见两头鹿、一只绒鸭、一头驼鹿和至少三只松鼠，可列入狩猎计划。三天后，他将重新获得作为一个人在同类中生活的权利。

倒计时两天

　　—矮松造成阻碍。它们的树枝拦住去路。必须从野兽穿行开辟的隧道匍匐而行。为了避免遇到障碍，他回到岸边。脚踩在圆形卵石上很痛，每一步都是胜利。他又回到被植被阻塞的道路。白天，他就在森林和湖滩间摇摆。有些人就是如此度过一生，坚信幸福在别处。他至少避开了这块暗礁。遁世主义使他具有免疫力，免受不满足的影响。

倒计时一天

　　锋利的夜晚。温度降到零下二十五度以下。早晨，步行两小时后，血液才再次润滑了各个齿轮。下午三点，森林间透出市镇的烟雾。四天半：他走得很快。羊肠小径变成小道，然后是小路，然后是一条柏油马路。道路与河流的命运相同：膨胀，然后汇入比自己更广大的。他停下脚步，背靠一棵雪松坐下。四十年离群索居和一百公里步行把他带到城市大门前。新生命的入口。

*

　　手续所用的时间比他想象的长。文件迷失在莫斯科的迷宫里。警官喜欢彼得，也将继续喜欢伊万。他接手负责此案，亲自探询事情进展，还骂了莫斯科的工作人员，因为后者在电话中第四次回答他"正在走流程"。

　　这条新闻在镇上引发轰动，引发的反应不一。两三个认识彼得的人疏远了"森林老人"。无需费力，蛰伏在一些人心底的审判官就会醒来。彼得发现，行政机关的诉讼时效比人的心理更容易过期。他遭到辱骂，遇上举起的拳头。一天早晨，他远远地路过一群渔民，听见有人在他背后唾弃两三声"杀人犯！"。但大部分居民认为，四十年的孤独已经洗刷过失，一个人的过去不算什么。

帕维尔属于忠诚的那群人。真正的友谊不介意旧时的历史。彼得住在帕维尔家，等待他应得的消息。

一天早上，文件抵达。警官来敲帕维尔的门。他从外套里拿出三只杯子和用报纸包裹的半升酒瓶，斟满酒杯。他递给老猎人一个信封，举起自己的那杯伏特加。

"这是你在人间的赦罪公文，还有行政机关的致意。至于上天的赦罪，政府就无能为力了。还有，关于军饷，你得一个月以后再来领。随后将每年汇款到这个镇上。"

他们一饮而尽。

从此，彼得名叫伊万，是官方承认的托木斯克人，一九四一年至一九四五年卫国战争的老兵，因参加斯德丁湾战斗而受到表彰。

帕维尔鼓励他的朋友在镇上定居。他可以为他找到一座带花园的小房子。这个习惯独居的老人可以帮人捕鱼，在同伴的环绕中，如此度过余生。他将重新找回一同饮茶和喧闹祝酒的乐趣。如果他愿意，大家可以去小屋小住几天，重拾旧日时光。

正如帕维尔所说，当务之急是"与过去划清界限"。得去小屋取来物资，带回镇上。

他们乘小船出发的那天早上，天空乌云密布。迷雾升起，涌上沙滩，缠绕在松树尖上。野鸭排成扇形起飞，航迹如同巨手在湖面留下痕迹。马达轰鸣声令人精神迟钝，彼得-伊万看着松树在岸边列队行进。他和它们一样匿名活了四十年。

乘坐小艇五小时后抵达小屋。一只乌鸦飞起。彼得–伊万的目光追随它向北飞去。

"那是我的记忆在远去。"他说。

"已经开始思乡了?"帕维尔说。

帕维尔拴小艇时,彼得–伊万迈着沉重的步伐走向小屋。

当熊向他扑来时,他有时间意识到的唯一一件事是这头野兽一瘸一拐的。这走兽一掌拍在他的颅骨,使他顿时毙命,然后消失在矮树林中。帕维尔甚至没时间取枪。空中的乌鸦呱呱叫着。它们被惊扰了。这些鸟原本正在分食卡在两只钢钳之间的血淋淋熊掌,为了从陷阱脱身,熊把它咬了下来。为了等这个人回来,野兽等了一些时日。

当晚,帕维尔把朋友的遗体带回镇上。

森林里有一种公平正义。

但极少是人的公平正义。

女　孩

当古驰品牌的缪斯女孩珍妮从帆船落海时,产生了一种感觉:发生的一切都不是真的,她将从一场噩梦中醒来。然后,她想象时间将会倒流,随着每一秒钟的流逝,她确信万物的力量将把她带回甲板,生命的历程将重新开始。但当咸水涌入她的窦道时,她不得不接受真相:她从舷墙上翻了下来。

帆船在尾部吹来的侧风推动下,航速为八节。

整整一周风平浪静,但早晨起风了,埃里克下令,升起大三角帆。远远望去,展开的风帆在爱琴海天空开了一个鲜红创口:希腊的阳光不会留下任何温和的色调。珍妮从未想到,张开的帆面如此庞大。从甲板上看的视角无法衡量它的尺寸。

她大喊大叫。但船已经远去,阵风使吊索撞击,风帆哗哗地响。波浪碰撞着船体。

和每个下午一样,格蕾塔和约翰下楼到后舱。自从发现船只唤起情欲的巨大力量后,他们再也不肯放松。阿尔布雷特躺在船头的甲板上消化喝下的金酒，脸上放了一本《卓越》杂志遮挡太阳。埃里克在掌舵：他专注于三角帆后缘的平直度，不可能料到珍妮会把身体伸出船首。

如果她没喝酒，就不会坠船。之所以喝酒，是因为她在埋怨埃里克。这个小无赖忽视她，只关心天气。她从未想过，气压计指针竟能与她绝妙的胸部竞争。她嫉妒大海！早知自己会遇上如此平庸的情感，她绝不会同意上船。只有金酒伴她打发时间。但金酒使她走路摇摇晃晃，在船上尤其如此。这种酒如此恶劣，连胃也尽可能迅速地把它排进血液。船上永远不该出现金酒。金酒让珍妮失足落水。

她不再叫喊。不是因为她明白这样毫无用处，而是因为她哭了起来。她有一种自怜自艾的惊人能力。她二十一岁，刚掉进海里，而她的国际模特生涯并未使她准备好面对这种情况。她用肥厚的舌头舔舔嘴唇。本月《风尚》杂志的封面正是她的舌头轻舔一只古驰品牌鞋子的高跟。

多久之后，其他人才会发现她不在游艇上？可能要过几小时他们才会担心起来。在船上和在陆地上一样，人们不会关心自己的同类。这次出游是"朋友们一起兜风"，埃里克在电话里就是这样狡黠地说的，以邀请他们来自己的游艇。混居生活已经表明，他们不是朋友。从第一天起，人人都只顾满足自己的享乐欲望。阿尔布雷特醉醺醺，约翰脑子里只有格蕾塔的屁股，埃里克只想着船，而她只想回家。真想不到，她已经忍受这群臭味相投的制作人和摄影师四年之久。这一切都是为了穿着红色比基尼（古驰）身处爱琴海中央。

西班牙号货轮悬挂白俄罗斯国旗，刚在马耳他海域经历一场猛烈而短暂的暴风雨；地中海的这种疾风像斧头砍来。狂风从岛的最高处倾泻，暴雨蒸发了海水表面，然后一切重归平静。但一根已遭受印度洋波涛重创的集装箱固定带突然断裂，集装箱从前侧甲板的干舷上方投掷下来，巨型金属箱在船体上弹跃出去，爆发出雷鸣声。船长乔昆姆·德·萨莫瑞拉喃喃自语"他妈的他妈的兔崽子"，但没有下达任何命令。货轮从不找回集装箱；保险公司会付款。每次航行都有集装箱落水。有时，钢板在冲击下裂开，货物被冲到岸上，给岸边居民带来欢宴。有一年圣诞节前，一万五千只长毛绒熊玩具在罗弗敦群岛海岸搁浅。对此不高兴的只有在圣诞树下收到千篇一律的礼物的孩子。还有一次，数千双耐克运动鞋抵达下加利福尼亚州海滨。一个月间，当地报纸上全是类似的告示："四十四码右脚，换三十七码左脚。"

恰巧在日落前，集装箱漂到珍妮可以游到的地方。她从下午三点就在水中，牙齿已经开始打战。她栖身于高出水面十几厘米的钢板上。仍固定在钩环上的断裂的带子拖在水中。珍妮把它系在腰间,在温和的良夜中入睡。

第二天中午,星历号渔船的船长正用望远镜扫描水平线。他在目镜中窥见了一生中从未见过的最美丽的姑娘。她半裸身体,漂浮在水面上几厘米高处,头发散乱,没有知觉。他靠近集装箱,心想,没有任何一个纳克索斯渔民会相信他的话。在把女孩搬上船以前,他用平时拍摄金枪鱼的小相机拍了一张照片。

珍妮在一堆散发着鱼腥味的渔网上醒来。船长对她露出微笑。由于他惊异于女孩的美貌,所以一直努力克制自己想:"收成不错!"他用红色金属杯给她倒了咖啡,还有一条油渍鲱鱼。这是珍妮第一次吃油渍鲱鱼,也是她第一次吃光盘子,甚至用她那肉感的美妙舌头舔光了盘底,而希腊人得集中注意力控制航向。随后,他开始向她列举在这片水域打捞上来的所有鱼类:"魟、绿青鳕、鲆鳕、金枪鱼、鲉。"但这类谈话并不能使珍妮这样的女孩倾倒。她已经和伦敦、莫斯科最显要的歌手、银行家有过一百五十四次性经历。她重新入睡,直到小船在黄昏时分停泊在纳克索斯港码头。自从她掉落游艇已经过去三十小时。市长和港务监督长迎接了她。她在前一天晚上被申报失踪。为了支援那四艘救生艇,还派出了一架直升机。她的朋友在游艇上与海岸巡防队参与了搜索。当地报纸《斯库拉信使》的摄影师被珍妮的光彩迷住了,为她拍摄了七卷胶卷,让她在货轮船头然后在她睡过觉的网上摆了姿势,又与救了

079

她的船长合了影,最后,在港务监督长的强烈要求下,也与他合了影。尽管珍妮疲惫不堪,只想吃一块胡椒牛排,但欣快异常的她仍优雅地屈尊进行了这次拍摄。这些人都如此友善。第二天,珍妮躺在渔网上的照片出现在报纸头版,标题是"好收成"。

希腊地方媒体总编所属种群的教养远远不如船老大。

珍妮的美貌使此事在希腊引发轰动。所有报纸都想得到照片。标题包括:"爱琴海的圣迹""基克拉泽斯群岛的美人鱼""救援瑙西卡"。有些评论家利用此事,揭露政府对在航线上乱撒集装箱的方便旗船大开方便之门。

渔船船长冲洗照片后,得到了一个惊喜。珍妮躺在集装箱上的照片绝妙无比。这幅画面笼罩在神秘的光晕中,海面漆黑,睡着的珍妮摆出一个天真但性感的姿势,右腿蜷曲,露出一侧乳房,头发宛如金冠,鹅蛋脸在臂弯中沉睡……年轻的希腊女神在人间的华美化身。他把底片寄给了《风尚》。

这张照片登上下个月的杂志封面。船长收到一万欧元,以星期三的成交价(每千克三欧元两角)计算,相当于三吨鳕鱼。此时,古驰的媒体总监女士仔细查看了照片中集装箱上印着的编号。上个月恰好报失了一大批古驰包袋。追查一番之后:正是这个集装箱。维纳斯被她自己代言的品牌的集装箱所救!对于这家时装品牌的宣传部门而言,这一事件堪称奇迹。四年之间,这张图片印成了品牌海报，从巴黎到约翰内斯堡，从阿姆斯特丹到新加坡，四处张贴。船长在纳克索斯山上买了一座别墅，还买了一艘新船。他每年都给珍妮写信，请她来访。

女孩永远无法接受邀请，因为坠海五小时后，她仍在水中。埃里克的游艇早已消逝在天际。太阳落下。珍妮突然呛了一口水，因为她刚刚睡着了几秒钟，足够做完这场梦。现在，她冻得全身麻木，感觉力气正在离自己远去。

沉　船

我在这世界上惊涛骇浪的大海里遭到海难沉船，
不得不看到我一生的种种希望全都沉入海底。

席勒，《强盗》[1]

公元前三〇〇年之前不久，在高卢酋长布伦努斯的指挥下，三十万骑兵和步兵组成的纵队的先头部队离开多瑙河左岸，向南行进。

这支由血肉与铁组成的蛇行队伍在每一部分出发时伸展出它的圆环，第二天晚上，在预示着激战即将到来的血色天空下，尾部终于摆动起来。队伍中嘈杂纷乱。用凯尔特、高卢、博雷埃，以及莱茵河支流与黑海海岸之间各邦国方言发出的号令此起彼伏。伊比利亚骑士跨上蓬特的纯血种马，并排行进的是与罗马长枪党同样纪

---

[1] 译文据张玉书译本。——译注

律严明的利古里亚雇佣兵。赤铜色皮肤的伊利里亚枪骑兵指挥散发着蜜酒酒气但善使短剑的高卢人，黄胡子的瓦隆人用产自亚平宁山脉的钙质石磨磨尖匕首，那是伦巴第磨刀工携带的装备。从未见过比这更加混杂古怪的军队。唯一的共同点是他们的目标：征服和劫掠。

布伦努斯把这些毫无关联的人集结在一起。他拜访了各个部落，鼓动首领，以丰厚的战利品作为承诺。从布伦努斯口中听到将为他们的贪婪而献祭的国名时，这些野蛮人兴奋地战栗起来：希腊！爱琴海激浪拍打的白色悬崖之上，地球上有人居住的最古老、最富有的王国。布伦努斯向战士们展示了他的希腊奴隶。这些屈服于鞭打的可怜人描绘了伯罗奔尼撒阳光照耀的是何等的珍宝，密涅瓦的神庙如何奢华。贪欲点亮了野蛮人的目光。布伦努斯的狼族军队便是如此日益壮大。

在色雷斯，人们讲述，这群匪徒卷起的尘土在空中悬浮一天才会落下。大军穿越马其顿、色萨利，向希腊中心地带挺进。铁蹄翻起土地，在背后留下一层浸透鲜血的灰烬。马其顿亚历山大大帝在东方的熔炉中耗尽了子民的力量。希腊任何城邦的任何公民都没有能力阻止进攻。

来自条顿森林那边的归尔甫地区的双胞胎兄弟哈拉德和巴塔纳特负责指挥布伦努斯的卫队。他们骑着黑色种马，从不歇息。他们在纵队侧翼徘徊,日落时突然出现在围坐篝火旁的方阵中,像影子一样无声无息地移动。布伦努斯的士兵望见他们的身影时没有一个不会发抖。双胞胎不认为人命的价值比一撮沙子更高,他们干净利落地斩落那些没有立即俯下的头颅,在战斗中总是打头阵,冷漠地交战,嘴唇上挂着一丝阴沉的微笑,直到坐骑两肋的汗水起了泡沫,被敌人的血染红,风车叶一般的手臂收割着敌人的性命。他们二人并不交谈,天生心意相通。士兵给他们起了绰号,叫"半人马"。

在德尔斐,布伦努斯站在两个温泉关战士托举的银盾上,向大家解释,山顶的阿波罗神庙数十年来一直接受希腊公民的祭献。这只丰收之角已向士兵敞开,任其求取,以奖赏他们的急行军。德尔斐人将免于屠杀,因为皮娅亚向他们传达神谕,不要紧闭货栈,任由野蛮人掠夺他们的地窖。因帕纳索斯山的美酒而飘飘然的高卢人不像平常那样残酷。他们在两名半人马的带领下将阿波罗神庙洗劫一空。当天晚间,德尔斐的宝藏已经所剩无几。当人们把战利品全部装上布伦努斯的大车时,铁灰色乌云笼罩着帕纳索斯山,暴风雨席卷整座城邦。在闪电的长痕中,一些人觉察到了阿波罗的助力,另一些人则认为是百勒努斯的怒火。高卢人的队伍惊慌失措。为避免溃乱的风险,布伦努斯吹响撤退的号角。获得天助的德尔斐公民振奋起来,滋扰这群匪帮的尾部纵队。布伦努斯手下有六千人阵亡。军队的其他人并不关心死者：在抢来的黄金面前，尸山分量几何？

撤退在诅咒中进行。希腊人开始反击。狼群的命运转向。渴望复仇的希腊志愿军——乡下人和市民——不断骚扰野蛮人的侧翼。乌云每天带来新的暴风雨。寒冷和饥饿侵蚀着军力。谁会相信，这支穿着凉鞋在雪地里跋涉的乞讨大军竟然拥有皇帝的珍宝！一些士兵筋疲力尽地倒下。没人扶起他们。遗弃在路上的每一个生命都将增加幸存者最终分到的份额。仅靠对瓜分战利品的向往和条顿双胞胎的鞭打维持纪律。高卢酋长在德尔斐颈部受伤，在前线阵亡。变成活死人的军队离开马其顿。当半人马认为纵队已经安全时，下令停步。大家堆好树枝，捕猎野味。在烤着马鹿的篝火微光中，头领们清点了人数，第二天早晨卸下大车，分发德尔斐的金子。幸亏有那两名半人马条顿人，分赃并未变成一场杀戮。

双胞胎把分给他们的份额装进一个木箱，轮流系在自己的马鞍上。与军队解散后的其他人相反，他们并未继续向北前行，而是折返回到马其顿，映着月光在石子密布的丛林中骑行。他们小心翼翼地绕开村庄，朝法纳斯海岸前进。他们于三天后抵达。夜幕降临时，他们扯住马嚼环，消失在一个小渔港的巷道中。一艘系泊在海堤的商船船主还没来得及松开盘绕的缆绳，已被斩首。头颅滚到几个缝衣工脚边。来自归尔甫的魔鬼留下在石块路上蹬蹄的坐骑，踏上小船，把两名正在装运双耳瓶的努比亚奴隶扔出船舷。他们升起船帆，小船挣脱了码头。留在陆上的马唾沫四溅，与主人分离后也失去了指令。两兄弟在强劲的北风助力下逃离了。

他们计划前往一个荒僻岛屿的深处。得先躲过希腊的狂风暴雨。随后，他们将回到海上，越过海格力斯之柱，绕行伊比利亚半岛，在高卢靠岸，穿过橡树林，最终抵达波罗的海海岸。路线漫长，但比贸然穿过潘诺尼亚撤退更加谨慎。已故的布伦努斯的猛兽，被毁灭的大军的幽灵，回归狼群法则的狗，都在那里蠕蠕攒动。

航行第二天，天空碧蓝。奇诡的阴云压在哈拉德和巴塔纳特额头。他们的人生中第一次出现了不和。它暗暗地滋生，就像早晨的微风到了炎热时分就变成了狂烈的北风。两兄弟比平常交谈更多，这个信号表明命运之轮正在旋转。箱子里的黄金扰乱了他们的默契，向空气辐射腐蚀性的波段。金色光芒作用于双胞胎的神奇联系，使两颗同一血缘的心脏之间共鸣失调。

箱子紧固在外甲板的桅杆脚下。兄弟二人放弃睡眠，互相监视。哈拉德在轮到他警戒之前就起身，巴塔纳特听见一点嘎吱声就惊跳起来。只要巴塔纳特细看天边，哈拉德就觉得他盯着箱子。他们用怀疑的目光相互提防。

第四天，在伊利诺斯附近的海面，哈拉德在箱子旁撞见巴塔纳特。绳索松了，必须重新系紧。巴塔纳特如此解释，但被斥为谎言。哈拉德还说，船的甲板上没有这种畜生的位置。这次冒犯使他下颌挨了一拳。打斗仅持续了一分钟。两具躯体滚落在甲板上。对他们而言，这场搏斗是一次奇特的经历：两个兄弟的神经都感受着打在对方肉体上的每一拳。他们有足够的力量杀死对方，但没有时间，因为船偏离了航向，撞上纳克萨诺斯海角的暗礁。突出的岩石撞开船体，船沉了。兄弟俩被淹没在海中，波塞冬也不认为救助两个来自极北之地的人有何益处。

*

一九三〇年五月。这一事件发生两千年后，在纳克索斯港的大堤上，三个人在一艘帆船里商议一件事。

"十五万美元！"

十五万美元是一大笔钱，但取决于为了什么。有些信息值这个价。希腊人以此坚定自己的意愿。他一生中还从未说出这么大的数目。像所有从小被教育人的处境源自历史沿袭的诅咒的无产者一样，他恐惧财富。卡尔和恩斯特对视了一眼。他们是一对完美的双胞胎，非常英俊，眼睛像波罗的海一样湛蓝，但卡尔的眼睛近乎白色。

"请在这里等我们，希腊先生，喝点威士忌，我们考虑一下。"卡尔说。

这两位先生称呼希腊人"希腊先生"，希腊人也已经习惯了这个绰号。双胞胎走上甲板。他们穿着宽条纹的本白色羊毛马球衫、薄棉布裤子,希腊人纳闷他们是如何做到使衣服保持刚熨烫过的状态的。他为自己油腻腻的T恤衫感到羞愧。他抻了一下衣领,看着自己长满黑毛的苍白的大肚子。那些老年人干枯得像根麻绳。穷国的穷人瘦弱不堪,在富国则成了胖子。如果得到这笔钱,他会去非洲,去格雷岛开设一家游客钓鱼中心。中午为顾客提供饭菜,晚上带他们去钓石斑鱼。一个人有了十五万美元,已经是个国王,而到了非洲,可以做皇帝。正当卡尔和恩斯特走下楼梯时,希腊人又喝了一大口酒。他观察着他们晒黑的脖子:颈部皮肤从左到右形成两道褶子,像乌龟一样,只不过这两个家伙更像猫科动物。

"希腊先生,您的要求太高。"卡尔说。

"对,但有些信息值这个价。"希腊人说。他在来之前早已默念了这句话。

"大数目,"恩斯特说,"我们连一个近似的数额都付不出来。"

"没有近似。十五万美元,我就带你们去我说过的那个地方。"

"您能马上拿到一半现金,然后在第一次潜水后当场拿到四分之一,等我们把它打捞上来再收到尾款。"

"不能再商量了?"

"不行。"①

他们决定第三天启航,让希腊人有时间采办十天的食品配给("小雪茄,"卡尔在清单上写,"菲达奶酪、威士忌和新鲜蔬菜。"),在雅典国家银行开户,换一件T恤衫。

大海很美,风力适宜。他们越过萨摩斯岛、伊卡利亚岛、帕特莫斯岛。刚远离一片海岸,下一段海岸又出现了。风帆已经完美地绷紧,不发出任何噼啪声。天空湛蓝,地平线上矗立着一些岛屿。大理石时代的希腊之所以产生了一些亘古流传的思想学派,是因为其地理面貌极其简单。在这样的景致中,没有什么会引发精神混乱。自然归简为元素的表达——空气、土地、海洋——为哲学家提供了世界秩序的明晰视角,为他们做好了准备工作。

这两名不动声色的游艇主人穿着白色针织衫,戴着太阳镜,分毫不差地把握着航向。其中一人偶尔做个轻微的调整,使帆船保持平衡。希腊人保持沉默,他饿了,但不敢说。不适合向卡尔和恩斯特这样的人提出这类忧虑。兄弟二人一言不发。截面利落的船首平稳地劈开海面,寂静笼罩一切。希腊人难以忍受这种安静。在他习以为常的希腊海滨,俱乐部的摇摆舞早已取代了激浪。

他又想起四月的那天,收网时发现了两把金匕首。再次投下渔

---

① 原文为德语。——译注

089

网后,又捕到了一些腰带环扣。他就明白财富来了。在这场发现的当晚,他回到纳克索斯港时便要求这对德国兄弟在他们的双桅小帆船上接待他。

这对双胞胎两年前来到海滨住下,大家对他们知之甚少,只知道他们来自梅克伦堡,很富有,醉心于海底潜水,晚上在舷门喝香槟,很少出海,对收藏品感兴趣。他们常常在这个地区游逛,寻找古董,然后消失几天去土耳其,再回到港口。传言称他们是赃物的窝主。有一天,海关人员带着搜捕令搜查了帆船。德国人坐在码头的柳条椅上,抽着雪茄,冷眼旁观他们的行动。关员们一无所获地离开了。希腊人不时抛下渔网和装甲壳类的篮子,受雇于德国人,擦洗甲板船舱,修理帆索。虽然他肮脏不堪,兄弟俩还是很喜欢他。

在他有所发现的那天晚上,当他展开包裹着匕首的破布时,他就知道自己正中靶心,因为从不说一句废话的卡尔没能克制自己。

"哦!"①

希腊人随后展示了皮带扣环。恩斯特挑起眉毛。两个德国人尚未使希腊人习惯于这种吐露感情的方式。他们由钢铁铸成。

渔夫很清楚,寻宝人面临的不仅是其他掠夺者的觊觎,还有严

---

① 原文为德语。——译注

刑峻法。他没有考古发掘所需的资源，也不知道向谁兜售宝物。有些手生来不是用来处理棘手赃物的。更理智的做法是把秘密出售给兄弟俩，让他们独享买下的东西。风险留给双胞胎，而他得到十五万美元。塞内加尔！未来！人就是这样在沙丁鱼网里捕到新生活的。

希腊人指引兄弟二人来到岛的北角。距离海岸线三百米处露出一块花岗岩碎屑构成的礁石。只有通过泡沫才能辨认出这一群露头的岩礁。希腊人让他们绕此地一圈，寻找方位。德国人服从了他的指示。

"在那儿！"希腊人说。

"好。"[1]恩斯特说。

"深度？"卡尔问。

恩斯特放下水砣，喊道：

"十五米！"

"位置？"

"北纬38°45'，东经22°55'。"

"哦！"[2]卡尔说。

这个地方对应着岛屿西南侧的一个岩礁缺口，就在一个天然小

---

[1] 原文为德语。——译注
[2] 原文为德语。——译注

海湾的尽头，保护船只不受北风侵扰。他们扔下船锚，放下四十米锁链。锚嵌入并咬定岩石。希腊人发现，尽管他们极力掩饰，但这两个条顿人狂热不安。他们的兴奋从难以察觉的行为变化中透露出来。卡尔比平时更频繁地以生硬的动作捋着头发，恩斯特则在每次操作后说："好，好，非常好。"① 对于一个冷血的梅克伦堡人来说，这显示了心灵的极度紊乱。三人乘坐附带的木船来到一片沙滩。他们整晚都在从船上卸下箱子和潜水设备。

黄金沉睡在如此之近的十五米深海底，在爱琴海的柔波里，全力散发着辐射。有些生命的磁场对珍贵金属的无形放射物特别敏感。十九世纪，一些能源理论家研究了这些辐射现象，论证了遍布于各国历史的"淘金热"只不过是血肉之躯面对辐射体无法抑制的冲动。希腊人虽然从未研习过神秘论，但仍觉察到德国人并非处于正常状态。

大家回到帆船上。这一晚让人筋疲力尽。卡尔和恩斯特睡意全无，木制床位吱嘎作响。黎明时分，他们开始潜水。德国人没在这片海域耽搁多长时间，便开始实施轮换制：兄弟中的一人在甲板上分拣、清洗另一人装在篮子里的成果，每隔一个半小时交换一次。普鲁士式组织和抒情音乐；为了消除单调的时光，他们接通留声

---

① 原文为德语。——译注

机，播放《罗恩格林》前奏曲。希腊人越来越焦虑不安，他烤着番茄和洋葱，大口喝威士忌，目光不时投向大海。

战利品超出了预期。当寻宝人梦想获得希望不大的收获物时，通常会坠落云端。多少潜水员以为触到了黄金国，却只得满足于一摞被贝壳腐蚀的陶器碟子？这一次却好像印加帝国将宝藏喷入爱琴海中。

这些是劫掠一个圣地的战利品。卡尔透过潜水面具一眼就认出公元三世纪前古希腊许愿弥撒的祭品，包括纯金的阿波罗小雕像。沉船已几乎完全瓦解，可以辨认出一条三十英尺长的希腊式小货船。船体一定撞上暗礁，船正巧沉入海底的凹陷处。船嵌在断层裂缝之中，木材虽然腐蚀殆尽，货舱的承载物却受到岩石形成的摇篮保护，并未随水流漂散。德国人在第一天连续工作了十五小时。当他们同意停下来休息时，天色已经变红。晚上，他们安排每两小时交接班，但希腊人免于值守。渔夫不快地发现，双胞胎在船上配备了全套武器：鲁格手枪和毛瑟步枪。

第二天晚上，恩斯特和卡尔已经取走沉船上一切发亮的东西。数量可以装满一个箱子：刀剑、盘子、匕首、胸针、酒杯、小投枪、摇钟。"他妈的，他妈的，金子，金子，只有金子。"希腊人喃喃自语，招致恩斯特蓝眸的目光，那目光如此锋利，会使他的心灵流血。德国人甚至不等到第三天天亮就起锚了。必须在引发好奇心前离开这片地方。

他们在异教的月光下航行，目标是 T 港，计划在那里让希腊人下船。他将带着他的那份财产和噤声令离开。两兄弟则将继续他们的航程。恩斯特毫不迟疑地再次打开留声机，船的航迹便留下了破碎的乐声：铜管乐队轰鸣，有时响起一声定音鼓。德国人的目光像通了电。装着金器的箱子躺在前舱。希腊人的嘴唇抽动着。

晚上，卡尔和恩斯特说了几句尖酸刻薄的话，这是他们所不习惯的。夜里，被失眠折磨的希腊人走上甲板，想让眼睛沐浴在月光下。他在经过驾驶舱时吓了一跳。兄弟俩都警醒着，卡尔在船首，恩斯特在掌舵。二人注视着对方，一动不动。直到黎明，他们的目光都没有离开过对方。缺乏睡眠使他们的眼睑泛红。第四天，他们全天相互监视。船向正东方向航行。随后一天的白天和夜晚，大家都没有吃饭，仅仅随便咬一口食品柜里的食物。他们在炭火上活着。处于戒备状态的双胞胎仅在中午小睡一会儿。疲惫使得防止手足相残的基因保险栓打开了。兄弟俩都在等待猛攻对方的时机来临。威士忌已无法平息希腊人的颤抖，他已经接手留声机，又开始播放，希望交响乐能抚平错乱的神经。

第六天中午，突然爆发的吼声使希腊人赶紧跑上甲板。卡尔指责他的兄弟不时造访船首的船舱。对方则反驳说，必须注意，以免箱子撞上内壁。在说出"骗子"这个词时，第一声枪响。卡尔受到辱骂，恩斯特则吃了枪子，但他在倒下之前，也有时间开枪。希腊人在两具尸体前待了多少秒钟？

在 X 岛前方，船以九节航速撞上米勒诺斯海角的暗礁。船体爆炸，希腊人的最后一个想法是，他本该把这些喝酒的年月用来学习游泳。但人总以为自己永生不灭，忽视了预防措施。水吞噬了船。泡沫翻腾，海便抹去了一切。爱琴海在淹没了归尔甫半人马的秘密后，又掩盖了卡尔和恩斯特的秘密。除几个曾经如此说教过的希腊哲学家以外，只有海神知道历史会重演。

运　气

桑德拉尔会为此洒下咸涩的泪水。这座城市曾经活跃过。一百年前，巴拿马运河杀死了它，使穿越大西洋的船不必绕道合恩角。船只不再冒险经过岬角，而是横穿运河，船员也不必在瓦尔帕莱索恢复健康。城市在海滨昏昏欲睡。没有什么比变得无用更加致命了。

这座城市曾是一座招待所，港口的酒吧充当了疗养院。人们在那里驻扎几星期，以此康复，用一杯杯皮斯科酒从四十度咆哮风带恢复过来，等待起航的命令。那是一个人们仍会等待的时代！今天，这里甚至不再漂浮着被遗忘之地的气味。智利人喝着法国葡萄酒，梦想着美国。他们选举出一个就世界秩序高谈阔论的女人。将军们不再相互谋杀。停泊地只有驱逐舰忘记时光已逝。它们转向，竖起炮筒，无视海洋名为"太平洋"。

电力已经征服城市。夜晚，山丘闪耀光辉。人们争论这座城究竟有四十二座还是四十五座山丘。专家们互相诋毁，报纸纷纷表态。人们也在家里讨论。大家的争论是应该的。这些山丘甚至在睡眠中也纠缠着人们。在瓦尔帕莱索的噩梦是抵达城市脚下时忘记携带证件，而重新爬上山坡时忘记拉手刹。

房屋沿山坡攀升，保持着平衡，被扭曲成束的电线相互连接，如同穿吊在一根绳上。人们不敢用力拉这些电缆，唯恐城市因此分崩离析。过去，船上的吊索发出叮叮当当的声响，在穿越狂风时则发出啸叫声。在码头上，得穿过下后角索的网眼看天际线。船是一架由缆绳组成的竖琴，有时在水上演奏一番。

画家一直以来都在停靠码头的一艘单桅木制小帆船上生活。船的历史可以追溯到战前。帆船在船坞后面逐渐腐朽。一天早上，他在经过时看见"待售"公告牌，上面的电话号码几乎已被含盐的空气擦净。他找到一个安静的地方，买下船，重新翻修，重新下水。他以那种选择十平方米作为生活天地的人的怪癖重建了船上的一切。每一个门把手都有它的故事。他可以就一根踢脚线和你说上一刻钟。他沉溺于细节之中，让人几乎不敢呼吸。

他给船取名为"画室"，洗礼那天，他向我们揭开了刻在地图桌石膏线脚上的铭文："海上的狂风和漂亮的荡妇一样，从不在早晨起床。"他本人亲身践行着这条格言。他一直睡到中午，醒来后将一夜分泌的渣滓一吐而尽，下午作画，邀请我们前来观看他的工作或送来一瓶酒，星期六出门去五月二十一日广场购买颜料，其余时间就在休息室里喝光他的姐姐——流行歌手玛丽亚·里贝拉——给他留下的财产。三十五年前，她因心脏病发作猝死在舞台上。总之，旧日瓦尔帕莱索的气氛躲藏在这船的甲板下。来来往往的水手已经没有船只，但有无数回忆。他为他们画肖像画，换取一个好故事。

有时，当审美判断力全都溺亡在过量的皮斯科酒中时，我们中的一人会买下一幅画。我们的朋友从未起锚，但他总是在小小的方形画布上画同一样东西：海浪。他发明了一个绘画流派：海之恶。

这艘帆船从何时开始不再劈波斩浪？船长本人也一无所知。从未从老船主口中榨出一丁点信息。这天晚上，偶然的路过和巧合的来访使我们聚集在狭小的休息室里，包括"画室"的几位忠实朋友、两位前商船船长、在布宜诺斯艾利斯认识玛丽亚·里贝拉的一个智利人和一个阿根廷人。我们挤坐在横座长椅上，在雪茄烟雾中喝个酩酊大醉，精神的摇摆让人产生航行的错觉。跟往常一样。

谈话围绕着命运的转向展开。我提出，在绝望时刻，机运可能汹涌而来，在我们认为已失去一切时带来赌注。我相信奇迹，我是意志的乐观主义者。我的主张是，除非完全死亡，一切都不严重。两位船长表示同意，其他人昏昏欲睡。

皮斯科酒使画家庄重起来。作为一名艺术家，他坚持代表虚无主义发言。他说，最坏的情况总是确定的。生命沿着衰退的坡道，直到盖子落下。运气是个轻浮的女人，只会撩拨生命人行道上的有钱人。诸如此类。他在说这些时，手一直握着酒瓶，叼着雪茄，头发满是水彩颜料。

至此，船长们一直保持沉默。智利人突然说：

"我见过幸运的化身。她像女神一样漂浮在水上。那是在阿拉弗拉海。我们当时在运送印度尼西亚香蕉到珀斯，收到了澳大利亚的一份无线电呼叫。海岸警卫队要求我们向韦塞尔群岛航行。阿拉弗拉海是一小片温暖的海域，不太深。我经常航行路过。在冰川时期是高出水面的地峡，是连接群岛和澳大利亚的通道。我在晚上掌舵时总是想，在船下面两百米处，曾有动物和人生存、相爱相杀……"

"你在做讲座吗？"阿根廷人说。

"一艘帆船翻了，船上有六个澳大利亚人。他们沿海岸航行，直到韦塞尔群岛以北，再经由阿拉弗拉海回到海滨，就在这时浪头变大了。救援队收到呼救信号，但他们从达尔文出发，需要时间，所以请求附近的船只改变航线。风暴向西移动，猛烈地袭击了我们，使我们的速度大大减慢。当我到达地点时，我们比救援队提前十五小时，但船只遇难已经超过一天！我们搜寻了很久。天气平缓下来，海面平静而空旷。鲨鱼已经把一切席卷一空。天黑了。我们联系澳大利亚安全部门，告诉他们我们放弃了。我正准备转向时，手下的一个人手持望远镜喊：'北边有个东西！'我们以为是幻觉，'有人浮在海上！'我们靠近一看，一个女人向我们打手势。她坐着，就像她今晚和我们坐在一起一样。我们将小艇放下海面，当我抓住她的肩膀的那一刻，我看见了那只海龟。龟壳在海面下是一个清晰的黑影。这头动物靠着船体停留了几秒钟，然后悲伤地潜向深处。幸存者被这生物托在水面三十六小时。"

"我以后再也不吃海龟了。"阿根廷人说。

"因为你常遇到这种事？"画家说。

"不，相反，是海豚；我很久以前就发誓再也不触碰它们。对我来说，它们就像海龟对那个姑娘一样宝贵。我也认为，上天在我们并无期待时准备了恩典。"

"海豚救了您吗？"我说。

"对，宽吻海豚。"

"带您到岸边？"

"不是，那一次是和日本人钓鱼。十年前，我住在日本群岛，驾驶神户海运公司的船只。有一天，我们不得不陪同社长出海。这非常日本，企业像一个家庭：必须相亲相爱，互相理解，共同生活！我们上了船：一艘小船，全新的设备。那一天棒极了，阳光，海水银光闪闪，鲹鱼划破海面。返航时却让人惊慌失措。几十只海豚把我们团团围住。可能有上百只。它们用吻部抵住船体，把我们推向外海。一连几个小时,它们用尾巴搅起泡沫。海面开始泛白。想象一下,一团奶油泡沫中一条由黑色背脊组成的黑带!社长拒绝发动马达。我一直不知道他是担心伤害动物还是损害船只。天色渐暗,海面变成粉红色。与此同时,城市正在地震中倒塌。"

我也不甘落后。对于我们三人正在为仁慈的命运而搭建的这座小小的纪念碑,我也有一个故事要添加。

"我有一个从父亲那里听来的故事。"我说。

"关于好运吗?"阿根廷人说。

"应该是!"

"我们只想听亲身经历的故事。"画家说。

"但我没有经历过任何事。我上过的唯一一条船,就是这一条。"

"让他说说。"智利船长说。

"我父亲在利古里亚号上工作过两年,这艘船属于太平洋航运公司,在各个纬度地区运输各种各样的货物。"

"我听说过。"阿根廷人说。

"有一次,在旧金山靠岸的前一天晚上,一个中国水手在一场牌局后被扔出甲板。他接连赌了几局,输掉了他的衣服、口粮、当月薪水、当季的积蓄,最后输了他的性命。船长禁止以性命为赌注,因为人手短缺。但在泊岸前夕,纪律宽松起来。那家伙应该淹没在下加利福尼亚的寒流中了。凶手们向船长报告这个人失踪。调查迅速下定结论,这是一场事故,在名册上他的名字旁登记为'海上失踪'。第二天,利古里亚号刚在码头靠岸,就有一个人求见船长,要和他谈一起严重事故。就是那个中国人。落海两小时后,他被一艘渔船救起。一艘船从他看得到的地方经过的概率是百万分之一。而有人听见他呼救的概率又是千分之一。"

"这家伙命大。"阿根廷人说。

"有些人特别受到命运厚待,"智利人说,"我在萨拉曼卡遇见过一个俄罗斯船长,他在一九六二年驾驶一艘小货船穿越咸海,船上满载克里米亚葡萄酒,直到舷缘。货物从铁路一直运输到哈萨克斯坦阿拉尔斯克,应该从陆路运往塔什干。为了节约时间,人们在那个时代横渡咸海。船在海中央失事。二十年后,海已然消失:被莫斯科的领土整治工作者抽干了。海岸线比原先后退了一百公里。你们看过那些船搁浅在沙丘中的照片。从此,人们继续穿越咸海,但是开着卡车,从干涸的海底通过,车痕已经划出了道路。船长在一个晚上向南行驶。他差点撞上一只船锚,机缘巧合地停在他的沉船前。那些酒不仅完好无损,而且多了二十年酒龄。"

我们未能说服画家。他感谢我们所做的努力。他补充说,我们讲述的故事他一个字都不相信,但即便其中有四分之一是真实的,也证实了他的理论。

"我们的生命临近最糟糕的情况。你们的故事意味着,一颗沙砾有时使这一机制出错,延迟坠落的时刻。改信悲观主义吧!这能帮助人生存。"

我们并未坚持。无论如何,我们在他家做客,而安第斯山脉这一侧的礼节要求我们将最后一句话留给接待自己的主人。大家相互致意,立誓很快将再见面,约定来看他的作品。告别持续了很久,因为我们总是不记得是否已经拥抱过对方。甲板上空气温和。山丘闪烁着光亮。"我陪你们在防波堤上走走。"我们的东道主说。他在跨过舷墙时滑倒,撞上舷缘的角,掉到护舷下面,消失在水中。

他被打捞上来时已经死亡。

归根结底,他说的是对的。

峡　谷

基于一个真实的故事。

向这个故事的启发者、皇家地理学会会员

阿德里安和尼古拉·C致敬。

"学校里可能有酒在流通！"

听到法官的影射，校长的喉咙哽住了。

"您怎么敢……"

圣约翰公学是英国最负盛名的学校之一。这艘看守着菲德尔莫悬崖背面、面对马尔克峡谷的岩石战舰为女王所做的奉献不可估量。第二次世界大战期间，两万架喷火战斗机使得穿越英吉利海峡对于纳粹德国空军的王牌飞行员来说非常危险，而其中三百五十九架由出自此处院墙的志愿飞行员驾驶。但就天空而言，他们看见的从来只有在马尔克海岸上方翻滚的雾海。

许多法官曾在圣约翰被数个世纪岁月打磨得发亮的木制天花板

下走过。在伦敦的最高法院，有些法官曾与"因分离主义阴谋威胁王国完整"而被其判处五年徒刑的被告坐过同一条长凳。同窗之谊并不能越过法庭门槛。

至少两名印度总督和几十名官员在领略次大陆讨厌的湿气以前已经熟知圣约翰一连串方方正正的庭院，它们由尖拱走廊相隔，种植着严禁踩踏的草坪。在被疟疾啃噬、被寄生虫和性病疮疮侵蚀时，他们中的一些人曾怀念起童年时的学校，随后在有孟加拉壁虎缓慢交尾的轿子顶下魂归他乡。

从高地到哈德良长城，苏格兰所有头面人物都受益于这所学校的教育——慷慨大度与严酷体罚的巧妙结合，这种环境有助于在少年心中产生航向南方海洋的愿望。

如果奥斯卡·王尔德曾经过此地，他的劣迹一定会使哥特式城墙上的苔藓浸润魔鬼的影响。而在图书馆，每天早晨由本学期最出色学生擦亮的一块石板提醒大家，沃尔特·司各特正是在这些拱穹下孕育了小说《伍德斯托克》的大纲。

总而言之，过往享有盛名，现状无懈可击，未来坚如磐石。而现在却来了一个毫无身份的法官——而且还出生于琴泰岬！——对公学的事项指手画脚，怀疑学校的清白！

"您怎么敢……请过来看，法官。"校长说。

他走近玻璃花窗，打开一个窗格。他的办公室位于建筑物西翼。学校的墙壁立于悬崖边缘，黑色岩壁延伸了建筑物的高墙。俯瞰时，目光直视虚空，直至下方一百米海岸的岩石。海水暴怒地侵蚀着悬崖脚下。他目瞪口呆。

"请看这礁石。我校的墙壁由相同的岩礁筑成：喀里多尼亚花岗岩保护我们的祖先不受维京人劫掠。这是一座牢不可破的城墙，时代的恶习也无法穿透。泡沫只能在悬崖脚下无力地翻腾。时代的泡沫，法官先生，同样在我们的门前停步。"

法官退却了。

"好，我将独自调查。"

"这样更好。"校长说。

"是的。"法官说。

"您在这里将一无所获。"校长坚持说。

"是的，您说得对。"

"再见，法官先生。"

"再见，校长先生。"

凯恩法官是四十年代一位英格兰牧师和一位高地杂货店女店主结合而诞生的。他在琴泰岬的一所公学受教育，被称作"叛徒的孩子"和"英格兰人"，直到十八岁。此后，为了抚平童年的创伤，他以令全国各地惧怕的严峻态度行使权威。他的身体柔软泛黄，眼睛像北方塘鹅。他痴迷于纯粹性。美德对他产生的效果如同邪恶对普通人的作用：令他兴奋。他认为道德和天气一样：一些地区遭受着有毒的环境，另一些地区沐浴在真和善的澄澈阳光下。解决方法是使涤罪的风气吹过，驱逐低气压的浊物。

他厌恶自己的同类。他认为苏格兰人是野蛮种族，希望根除其蛮性。政府部门任命他在马莱格法院任职，任务是使这个地区秩序清明。

这是一个民事职务，他却认为接到了教化的任务。

去年，他骑上了一匹新的战马：打击酗酒。英国小报《寻问》每年发布内务部的统计数据，根据酒消费量将各地排名。马莱格每年稳居第一。令人沮丧的一九九六年除外。那一年，亨顿镇超越了马莱格，结果导致一次酒毒性谵妄狂潮，因为那里的人欢庆这一盛事，这里的人则借酒浇愁。

一九九五年，英国广播公司转播了塔利班抵达喀布尔的情景。毛拉奥马尔下令摧毁收缴的酒类。在莎尔诺街区，摄像机拍摄了T-34突击坦克在爆裂的玻璃碴中摧毁了堆成山的波本酒和掺假的巴基斯坦威士忌，留下了永久记录。头裹缠巾的阿富汗人手持AK47，无动于衷地监视着一切。有些人或许暗暗地斥责这种暴殄天物的做法，但胡须妨碍我们阅读他们脸上的任何情感流露。不留胡须的只有哈扎拉人，他们从塔利班的队伍经过，但这些突厥-蒙古人的面容毫无表情。这一幕使法官欢欣鼓舞。他的使命明晰地在眼前显现。他将是峡谷的 T-34！他不会再让整个国家迁就一个十二岁的神。

而圣约翰公学刚刚发生了一件令人担忧的事。一天早晨，两个十三岁的小姑娘踉踉跄跄地出现在学校门口。她们一走进围墙内，就跌倒在大院的石砖上。很容易做出诊断：酒精中毒昏迷。当地小医院的医生救了她们，但其中较为年长的丽莎在三个半小时间一直眼皮颤动，下颌麻痹，而她坚信这源自跌倒在院子石砖上产生的冲击，并非乙醇对大脑神经末梢的破坏。

为了庆祝那个年幼姑娘的十三岁生日，两位女学生在悬于公学哥特式尖顶之上的山顶灌下了一瓶艾伦单一麦芽威士忌。早上七点三十分，她们坐在书包上，以免沾上泥炭。半小时过后，天空的背景下，两个纤弱的剪影手拎酒瓶在荒原上如同精灵般狂舞。八点四十五分，在秃山上的迷醉结束了，酒瓶空空如也。第一阵晕眩已在动脉里发动进攻。少女那五升纯洁的血液与麦芽的阴谋诡计相比不值一提。幸亏有一种将猪带回猪圈的无意识机制，她们找到了返校的路。

故事传到法官耳中，他立即勤奋地展开调查。在欧石楠丛里找到了酒瓶，上面的标签将警探引到港口的杂货店。爱德蒙曾是一名渔夫，在拖网的绞盘中失去了左手，从此改做小生意。他用另一只手以祖先的头颅起誓，没有卖酒给女学生，她们一定是偷的。后来，有目击者回忆，那两个孩子曾在"老海军"附近徘徊。法官当晚就去了那里。

罪犯承认给两个女孩上了几杯酒，但发誓说他以为她们已经成年。他又采用了一条别出心裁的防线，开始攻击那些服装商，因为他们使青春期的萝莉们打扮得像"英格兰妓女"。如果不说这句不得体的引语，他受到的处罚应该会更轻。法官判了他整整四个月。第二天的报纸刊登了判决标题，马莱格人民由此了解到 G. H. 犯下的罪名是"向未成年人出售酒，以及唆使荒淫"。

若非几个月后，圣约翰的两名学生、双胞胎彼得和亨利·巴恩斯行为不当地出现在地理老师面前，故事本该到此为止。

他们被召到校长办公室，一开始坐在办公桌上，直到指尖挨了两记桃花心木戒尺，才稍微清醒过来。在对付宿醉方面，什么都比不上大不列颠式教育。在作为惩罚的三天公益劳动中，他们熟悉了如何剪草坪，对于英式园艺而言，这相当于法式园林科学中的修剪黄杨木。但兄弟俩似乎并未被惩罚吓倒，因为在解除处分的第二天，他们入校时喊着一些猥亵的话，嘴唇亮闪闪地呼出酒气。

酒精破坏北欧人的面色，给过于白皙的皮肤涂上红斑，使脸松弛变形，淡化已经苍白的眼神。巴恩斯兄弟是两个红棕色头发的巨人，有着方形头颅和装卸工般的脖颈。他们长得太快，内分泌腺难以协调他们的机体,四肢无法无天地生长蔓延。他们笨拙地移动,像碗橱的架势一样占据空间。酒将他们的愚笨放大了十倍。

法官的长子向他报告了巴恩斯兄弟的荒唐行径。他与这二人在同一个班级,而且从不放过任何机会显示他配得上自己的父亲。凯恩法官发现这是一个机会,可以展现他对阿富汗技艺的赞赏。隐匿在瓦尔达克的毛拉穆罕默德·萨利姆·哈卡尼绝对不会料到,他的方法会在异教徒欧洲的西部海域产生一位追随者。

在塔利班的冒险途中,这位极端正统派普什图人负责防恶扬善部的事务。阿富汗建立了一个非常巧妙的血液酒精浓度检测体系。被拦下检查的行人必须朝塔利班脸上吹气,以证明自己并未喝酒。技术很激进,但有其局限性。因为检查员必须知道违法物品的气味,才能指控违禁者。但是,许多塔利班不了解威士忌、金酒,甚至白沙瓦走私白兰地的味道。很多可怜人在夜间通过岗哨,因为他们吃多了杏干或葡萄。

第二天早晨,凯恩守候在校门口,要求每个学生向他脸上吹气。法官揭穿了几个在上学路上抽劣质烟草的早熟烟民。然后,巴恩斯兄弟到了。他们甚至不必吹气:一米之外就能闻到臭气。学校办事员向校长报告,一名法官在门廊拱顶下实施一些奇怪行为。人们请这位法官向本机构负责人说明原因。于是,法官和校长便进行了我们已知的那场小小争论。

凯恩改变策略，决定回归源头。应该斩草除根。当晚，他敲开了巴尔莫勒尔街上巴恩斯家的门。父亲出海了，驾着他的渔船远在法罗群岛外海。母亲焦虑不安，耳朵紧贴海洋天气预报，报告称有低气压。双胞胎在房间里写作业。法官开门见山。

"您的儿子喝酒，太太！"

"我知道，法官。"母亲说。

"应该切断他们的供给。"法官说。

"法官，您在怀疑一个母亲毒害她的孩子吗？"

"这是一次调查，巴恩斯太太，任何事都不能忽视。"

"滚出去！"

法官翻遍了整个小镇。他审问老爱德蒙，在杂货店周围窥探。"老海军"的老板服完刑后重新开张了。法官守候在酒吧对面，监视来往的顾客。但除各位常客外，这家破酒吧没有吐出其他任何人：只有退休的渔民和结束派遣的海军，想用麦芽溶解盐的味道，用愤怒的小飞镖穿透软木靶，以此报复平庸的生活。双胞胎不在其中。

凯恩回到学校，跟踪巴恩斯兄弟整整一星期，结果让人大失所望。彼得和亨利过着两个苏格兰学生的无趣生活。尽管如此，他们的步伐让人毫无疑虑：他们在喝酒。

下个星期六，巴恩斯双胞胎迎着第一道阳光骑自行车离开村子。凯恩法官的灰色沃尔沃跟踪着他们。他们经过兰诺赫桥，在黑色花岗岩筑成的耶稣受难像处向北转，往阿德尔贝里狭湖的方向骑行。道路在两堵干石矮墙间曲折蜿蜒，开车时感觉像在一条狭窄的小巷中行驶，必须巧妙地高速转弯，才能避免划伤两侧。田野上的绵羊如同卧在野营上的煮鸡蛋。蒙蒙细雨给羊毛覆上一层银霜。几只乌鸦在空中划出平行线。公路在泥炭沼里转圈，然后连接上海岸线，沿着悬崖北面延伸，逐渐走远，再回来，直到触及空白之处。双胞胎在一座建在绝壁上的小村舍前停下，把自行车靠在墙上。几株蜀葵欢快地把守在涂了漆的木门两侧。

他们会在这里贮备补给吗？凯恩法官很了解此地的房主。马洛里小姐是一位半痴呆的老姑娘，如果谁不幸成为她的听众，她会讲上几小时，说她的哥哥在一九二四年登上珠穆朗玛峰。法官停好汽车，走近房子，透过窗户看见双胞胎坐在桌旁。老妇人给他们上了茶。线索错误。

他把车停在小屋对面，等了一小时，直到双胞胎出门。

他们又上路了，迎着北风努力踩着踏板。一缕阳光照亮钳在海面和墨色天空之间的地平线。双胞胎改道转向海滨，骑上一条通往位于悬崖之下两百米处的格莱斯顿小湾的黑泥煤路。那是海岸线的一个缺口，从前，诱船失事以进行劫掠的皮克特强盗十分熟悉此地。一小片被遗忘的卵石滩在岩壁下延伸，因为进入这里的道路凶险而免受访客打扰。在马莱格附近,被丁格尔和盖尔洛赫海滩的柔和曲线吸引来到其斜坡的人群甚至包括格拉斯哥的居民。对格莱斯顿阴暗岩壁感兴趣的只有吃海蓬子的人、鸟类学会成员和几个远足者。法官绕过这条路,直到男孩的身影消失在地面的一个折弯,然后他退回路的交叉口,停好沃尔沃,步行走上那条路。

几只鸌飞越垂崖。悬崖顶上点燃的篝火曾促使船员加速冲向暗礁。今天,只有刺芹黯淡的星形花朵在狂风中摇晃。水面上,黑色鸬鹚掠过泡沫时,颈部如同断裂一般。暴风雨一触即发。荒野阴森凄凉。路越来越窄,成了羊肠小道。法官撞上扔在车前草丛里的自行车。海水冲刷剥蚀形成的一座悬谷为进入小湾提供了踏板。法官抓住海蓬子的茎秆以免滑倒。他用了很长时间才到达沙滩。

从他的位置只能看见双胞胎扔在岩石上的衣服堆。当法官走上海滩时,兄弟俩冒出水面。激浪在卵石上喘息。凯恩阁下将身体紧贴一堆乱石。兄弟二人脱下潜水服、面罩和脚蹼,塞进一个水手背包,把它藏进悬岩的一个窟窿,重新穿上衣服,因为西风灌满了小湾。狂风挤开浪尖,将泡沫喷射在岩壁上。

"敬你,彼得!"

"敬勇敢的船长!"

"出发!"

双胞胎用两只金属杯碰杯,大口喝干,又斟满。他挥舞着一只扁平的黑色长颈瓶，似乎准备全部喝光。当他们将酒倒满杯子时，法官走出藏身处：

"结束了，先生们。"

考古学家就是这样发现了"本达二世"的踪迹。一七六四年十一月的某天，这条吨位达八百吨的荷兰商船从米德尔堡出发，驶向奥克尼群岛。货物包括大量印度尼西亚香料和五百瓶巴巴多斯朗姆酒，在内赫布里底群岛的迷宫中走错了路，被马尔克峡谷的叛徒用来诱船失事的火堆欺骗，撞碎在格莱斯顿的暗礁上，将一百二十七名船员和货物抛入惊涛骇浪。它们沉入十二米深的海底，等待着三个世纪后，马莱格两名出生于荒原海盗世系的年轻潜水员发现完好无损地嵌在海底缝隙中的存货。

整整一年间，双胞胎痛饮着从失事暗礁得来的两百年历史的朗姆酒，以此纪念水手的骁勇，思考厄运的无常。

粒　子

　　我的故事悲怆动人。这些年来，我在帕舒帕蒂纳特神庙外的火葬台上离开了一个婆罗门的身体。火焰在夜空升腾，火光在家人的眼泪和巴格马蒂河的水流中舞蹈。伴着热腾腾的空气和尸体烧焦的臭味，我被垂直抛入火堆上空。我登上星辰，夜晚的微风又将我压下河面。我沉入巴格马蒂河的汤水，人们将身体浸在这条泥浆带中，以净化灵魂。我夹杂在分不清是冲积土还是垃圾的洪流中，一直来到恒河。一融入河水，我就渗进一条鲈鱼的鳃。我在鱼鳃那大教堂般的血红花饰中驻足了几小时：鱼在光斑里悠闲地划水。一条鲇鱼从深处窜出，吞下鲈鱼。我被镶嵌在它靠近脊柱的肌肉中，随它遨游数百公里。鲇鱼一刻不停地游着，寻找猎物。它的征程结束于一个渔民的渔网，而在将鱼炙烤了许久的火上，我再次感受到火苗的轻拂。随后，一个女孩的牙齿撕裂烤熟的鱼肉，我钻进她的身体，嵌入她的组织。这是怎样的历程啊！这个小姑娘被雇用为采茶工，整天行走在茶园的小径间，用她灵巧的手指剥落小灌木的芽。

大片青铜色茶树间点缀着女人的纱丽。装备着长棍的警卫在她们中间警戒着豹子的袭击。这些猛兽潜伏在茶树的阴影中，经常袭击女工。这天早晨，没人看见那头野兽。颌骨撕开了我的采茶女的喉咙。她的呜咽声消散在汩汩的血流中。它当场将她吞食。脱离了贱民小姑娘的纤弱皱襞后，我融入了猫科动物发达的肌肉纤维。一天早晨，一声枪响撕破雾气。豹子体侧中枪，奔跑了三分钟，爬上一座山坡，然后死去。它的身体藏在灌木丛中，腐烂分解；猎人没能找到它。昆虫群落和秃鹫争食腐肉。我没有时间在鞘翅昆虫的甲壳中溶解，因为季风来袭，溪流带走了鸟喙和大颚未能吞食的一切残余。我混杂在铺盖土壤的水中，流向种植园，被大地吸收。这里很温暖。我渗入沙粒和黏土块。一株灌木的须根将我吸入体内，抽进茎苗。树液吸吮，将我注入一枚叶片的经脉。我成了一棵孟加拉茶树叶绿素的囚徒。下一季的采摘释放了我。短暂的幻象而已：我被关进一只布袋，然后进了作坊的干燥箱，最后来到一盒出口的伯爵茶罐里。茶罐在英国普利茅斯一家杂货店的货架上待了三个月。一名顾客买下它，打开盖子。一只鼻孔深吸着茶香。沸腾的瀑布在瓷杯里形成一个小漩涡，然后，一朵牛奶蘑菇云在茶里爆炸。我流进一个年轻英国人的气管，在他的血肉里焕发。他当晚乘飞机前往印度，经过八小时飞行，在德里机场与一位年轻姑娘重逢。一来到私密的酒店房间，他就迫不及待地将她抱紧。在潮湿的季风之夜，我被传送到年轻女子体内，扎根在她的肌体之中。一周之内，我经历了一场宏大的新陈代谢环游。在旧德里军事医院的一次输血中，我被滴进一位年轻的印度血友病患者的血管。年轻女子输的血救治了他。孩子痊愈了。他逐渐长大，而我在他的身体中。

这个婆罗门度过了幸福的一生，但他今早去世了，人们刚把他运到帕舒帕蒂纳特神庙外巴格马蒂河畔的火葬台上。我已经感觉到火苗在焚尸柴堆上跳跃。

而我，悲惨的粒子，无名的细胞，可怜的原子尘埃，哦，我请求您，天上的诸神，让我得到安息，脱离这轮回，化为乌有……

岛　屿

除了脑袋像岩石一样结实的马来人，没人记得沉船事故了。台风将圣马利亚号双桅小帆船推离航道，来到这座岛屿的海岸。这是近年来太平洋上最猛烈的风暴之一。当一阵狂风摧毁迎风艏三角帆时，船长失去了对船的控制。水手们未能及时把帆降下来。正当船体在第一次纵向倾覆后撞击暗礁时，被固定在床位上的伊安诺斯·洛思卡教授（著名的匈牙利出版人，布达佩斯地理学会会员，中欧几个秘教社团的导师）想，木头折断时很像骨头断裂的声音。他在巴拉顿湖上滑冰时折断了胫骨：颅骨内发出了同样阴沉的回声。

马来人第一个恢复意识。契约风险将这位海员从沙捞越海滨带到太平洋边墨西哥的 F 港。像他这样的人，在这艘帆船上共有十五个，这些海上的可怜人，命运就是来回于码头和破酒吧，深夜里对着面前的一杯掺假威士忌，被那些在低级酒吧门口追逐醉汉的掮客收买，签下奴役合同。这些家伙早晨在船上醒来，身穿水手制服，脑袋里没有丝毫记忆,也没有回家的希望,只得服从船长的命令,他比天神更强大,以一声噼啪鞭响宣泄雷霆之怒。

马来人躺在沙堆里,睁开眼睛。散乱的回忆在偏头痛的迷雾中飘散,一个接一个地慢慢聚集,形成图像,重现场景:暴风雨、墨黑的夜、白色的海洋,人在叫喊,以及狂风中呼喊的口令。他没有动,看着天空。天气晴朗,阳光明媚。光线刺痛了他。

他立起身。沙滩上散布着木头碎片、敞开的箱子、横梁、破碎的船帆。他在残余物里搜寻。帆船正将货物运往澳大利亚:船员本该从这次航行中大赚一笔——至少足够喝两个月阿德莱德威士忌。但上天另有打算。马来人查看还能救出什么,然后开始关注被海浪冲上岸的躯体。

十五名船员中,幸存的只有一名对航海一无所知的中国四川农民,一个双手从未握过缆绳的俄罗斯符拉迪沃斯托克人,一个被船长从瓦尔帕莱索警察局捞出来的乌克兰犹太人,一个自称为塞萨洛尼基歌剧院第一小提琴手的希腊水手,还有一个来自圣马洛的十八岁布列塔尼人。船长和其他水手无影无踪。

洛思卡教授躺在沙滩上,还活着。他几天前在 F 港登船,准备穿越太平洋。那个时代的船长腾出上层甲板最好的客舱,租给有耐心的旅客。比起常规航线的平和舒适,他们更偏爱商船生活。这位匈牙利人刚与普鲁士科学家福尔克·冯·G 在安第斯山区逗留一段时间。春天,他们一起探索了秘鲁山脉西侧,洛思卡已经准备好出版德国人的记录。

马来人帮助匈牙利人站立起来。洛思卡重一百二十千克。他在海岸上走了几步,边走边打颤。他有着自己种族的眼睛:在杏仁形眼缝里,闪烁着普兹塔天空的钢蓝。人们一个个恢复了意识。一波海浪,又一波海浪:大家听着激浪呼吸,海鸟鸣叫。

他们一起来到西南角俯瞰海滩的岩礁高处。岛上荒芜一片,周长不超过十二千米。珊瑚岩礁露出海面三米以上。玄武岩悬崖高三十多米,是唯一突出的高地。一丛棕榈树在风中摇曳。塘鹅在空中盘旋。橙色螃蟹冒险冲向激浪。当它们接近最微弱的阴影时,便逃到岩石下面。仅此而已。

只有马来人说了话。他用中文对四川人说:

"我想咱们会死在这儿。"

大家收集了被打到岸边浅滩上的物品。海浪吐出了成桶的饼干、葡萄酒和烟熏鲱鱼,组成了晚餐。人们沉默地用餐,咀嚼着一些凄凉的想法。

暴风雨来临。他们来到悬崖脚下。在最后一缕微光下,希腊人发现了一组深入岩壁的天然石窟。他们就在那里过夜。

布置玄武岩洞占用了接下来几天时间。分配它们并非易事。有些岩洞更宽敞,最终通过抽签决定了归属。伊安诺斯·洛思卡很幸运：他获得了最漂亮的那个。可以直立站在那里，一片细沙覆盖地面。

每个人都将大海归还的私人物品存放在自己的洞穴中。其余物品——公用设备、木头、帆、工具、航海器械、几十根蜡烛和属于失踪水手的小玩意——用了一天时间平均分配。洛思卡的权威发挥了很大作用，使得分配并未变成斗殴。在那些日常用品中，匈牙利人发现了装着他的旅行书库的木箱。他把它搬到自己的岩洞深处。他用鹅卵石砸开锁：包裹箱子的一层松脂保护了他的财宝。同伴们都没猜到匈牙利人拥有一箱书。没人注意到他的快乐兴奋。

几个月过去了，没有船。每天早晨，轮流指定的一名船员在悬崖顶上坐定，每天晚上他又下来，吐出一声：

"没有！"

"没有！"每个人都能用六种不同语言发音和理解的唯一词汇。某一天，他们听到的是"Nitchevo"，另一天是"Meïo"，人人都知道这指的是同一回事：他们又被困在遗忘的海岸一晚。

西班牙语被立为该岛的官方语言。大家在墨西哥商船甲板上干苦力足够久，能听懂西班牙语。洛思卡因为出版过皮萨罗和科尔特斯的书而了解这门语言。该岛被命名为埃斯佩伦扎①。

---

① 埃斯佩伦扎（Esperenza），西班牙语，意为"希望"。——译注

必须筹划今后的生存。从沉船中救出的储备迅速耗尽。但岛上提供的资源比人们一开始想象的更加丰富。晒干的海藻和酒椰叶纤维提供了燃料。每个人都在岩洞小窝前维持着自己的家。他们捉螃蟹。俄国人擅长将蜥蜴困在岩石裂缝中。他们对塘鹅群展开突袭，有时为了掠夺它们的巢穴，有时用捅杆打鸟。他们张开船帆，收集每日雨水中落下的天上的水。他们采集椰子。马来人甚至设法用海浪吐出的一张渔网捕鱼。

建造一艘小船的希望很快消失了。椰子树木质的浮力不足。太平洋的泡沫包围着环礁。他们如何通过珊瑚礁的阻拦？

胡须长了，皮肤晒黑了。雨水冲淡了地平线。中国人的下巴上三根交织的胡须像头发一样生长，让人觉得时间纺出了岁月的线。

到第三周，生存问题已经解决。这些人的吃苦耐劳、务实的创造性、在全世界天空下淬炼的毅力使他们战胜了逆境。每个人都能吃饱，甚至开始积累储备。

地平线始终空空如也。

生存的杂务是唯一一件日常事务。对于这些行动者而言，欣赏巨大云朵追逐着穿越天际并不是什么可称道的襄助。

厌倦情绪在心中滋长。他们落入时间的黑罐子，每一分钟过去，像空空的船壳漂浮在无声的浪潮之上。沉船将他们排除在世界的步伐之外，生存使他们摆脱了时间的前进。当夜晚终于笼罩太平洋时，他们觉得一天仿佛持续了一个月。

俄国人和希腊人坚持每天进行一次环礁之旅，希望努力行走能使恶心消散。这像是困在笼子里走来走去。当所有人用刀划开第一千只螃蟹壳时，他们意识到，真正击碎他们的暗礁是倦怠。绝望比坏血病更加可靠地吞噬肌体。

洛思卡并未日渐萎靡。他永远摆出笑容。岛屿对他产生了积极的效果：他消瘦了，但肌肉隆起。他显得从容安详，沉溺于思考。他有时喃喃自语，眼睛闪烁。沙滩上几乎看不到他的身影。他履行自己的任务，一旦完成，就重新钻回自己的小窝，在黄昏之前都不离开。

大家制定了一条神圣的规则，发誓永远不打扰隐私。安宁被立为最高准则。在岩洞中，除非受到邀请，没有人相互拜访，如果需要交谈，必须在露天进行。因为目睹过野蛮的谋杀，这些水手明白，杀死同类的欲望源于拥挤杂处的环境。地狱不是他人，而是相距过近地生活。而这些岩洞间隔足够远，他们可以永不相遇。此外，每个人都在晒干的棕榈叶上垒起鹅卵石矮墙，遮盖自己岩洞的入口。

一天晚上，洛思卡召集同伴来到树下。太阳在猩红色的天空中落下。白天的高温烧热了身体。是因为潮湿吗？那天，圣马利亚的人们比以往任何时候都感觉到时间的黏滞使白天过得越来越慢。洛思卡点燃一支蜡烛,放在一个开孔的椰子里。他开始说话。

"围着我坐下吧。"

他在圆圈中间讲述了一名船长因白鲸而发疯的故事。他描绘了风暴,在危险大海上的航行,渔民与像山一样大的海怪搏斗。他模仿了被幻象纠缠的老水手的声音。当他停下来时,已经夜深。蜡烛的微光在他脸上舞动。

"每天晚上,我会给你们讲一个故事。"

人们保持沉默。波浪无动于衷地继续翻滚。俄国人站起身,把手放在匈牙利人肩膀上,小声说:"谢谢。"所有人都站起来,重复着这个词。

第二天晚上,他们听到了一个名叫辛巴达的年轻水手在炎热的海洋和神秘的港口间航行的故事。后一天晚上,洛思卡开始讲的故事花了几天时间才结束:威尼斯商人马可的冒险之旅,他穿越沙漠和草原,直到中国。然后,他将同伴带到金门旁,告诉他们,他知道足够多的故事,可以让他们在一千零一个晚上呼吸东方的气息。有一次,直到黎明时分,他才中断了那二百五十名葡萄牙水手的故事,他们追随船长环游世界,最后只有失去首领的十八人返回港口。

每天晚上,奇迹重现。洛思卡凭着语言的魔力,在精神的银幕上投射陌生国度的景象,其中交织着勇于对抗命运的英雄,居住着眼圈涂墨的生灵……游吟诗人洛思卡赋予生命,再褫夺,征集军队,闯进密室,建造城堡,焚烧城镇。

人们热切地听着这些故事。当匈牙利人停止讲述时,思维得花很长时间才能返回沙子上毫无生气的躯壳。

岛上的生活变了。夜晚,洛思卡的故事钻进了失事船员的梦。白天,故事继续运作,成为对话内容。故事中的人物在精神中定居。有时,水手们成群结队地走在沙滩上,评论他们前一天听到的故事,或试图解开其中的阴谋诡计。洛思卡的故事成为与塘鹅蛋、椰奶和蟹肉同样必要的食粮。

在他们眼中,匈牙利人不再是那个租住上层甲板船舱的异想天开的学者,一个无法与水手同享家常饭菜的文明的城里人。他的想象力可以在每晚诞生新的英雄,塑造新的场景,构建如此复杂的阴谋,这对他们来说是一个奇迹。马扎尔人[①]战胜了无聊!为了回报这对虚无的胜利,人们开始敬仰他。在因孤独而蚀变的船员心中,洛思卡被尊为半神。

匈牙利人只是个木偶操纵者,一个散播传奇的吟游诗人,故事的摆渡人。人们把他当作创世神。他为夜晚而生,人们认为他与上

[①] 马扎尔人(Magyar),是匈牙利人的匈牙利语音译。——译注

天相连。他的位置是篝火角落那张讲述者的凳子，而人们让他高踞在宝座上。

在远古时代，巫师阶层就是这样诞生的。部落成员拜倒在最富想象力的人脚下。

确切地说，洛思卡不想利用这种情况，但是很难拒绝银盘呈上的贡品。你可曾见过先知向信徒透露自己只是一个虚构者？他从未提及箱子里的书，听任自己受到仰慕。大家禁止他从事任何劳作。每天，船员轮流在他的岩洞前供上最好的食物，更换他的雨水，留给他最多汁的椰子。他收到了小刀、船帆、钉子、工具，乃至中国人发现的一盒完好无损的烟草。人们争相迎合他的愿望，希望他下达命令。有一天，他表示希望尝尝鱼翅，于是所有人都手持匕首和挠钩跳进潟湖。对于偶像而言，什么都不会好得过分。

胡须长了。他们在雨水冲刷的天空下熬过了一年，然后是两年。每天晚上，在椰子林的掩映下，残烛在海难者的星座中充当中心恒星。早在洛思卡前来就座以前，大家早已围成一圈。精神领袖的光环并未减弱。他对同伴的支配力甚至逐月增强。他的创意来源从不枯竭，令水手们着迷。

在第三个雨季，洛思卡患上了失眠症。在烛光下阅读的书使他处于持续兴奋状态，渴望见到白昼降临的焦虑感在他的颅骨下掀起了不祥的风暴。

这天晚上，他重读了一系列关于一个自认为天生音乐家的德国天才的故事，直到天亮。他计划第二天给这些人讲其中一个故事。他徒劳地试图入眠，但直到日光乍现，他才沉入塞满干海藻的帆布床垫中。中午，他还在睡觉。

下午两点，焦急的人们派出中国人前来察看。水手走近洛思卡的洞穴，轻声呼唤。他透过栅栏瞧了瞧，但晒干的网格让人什么也见不到。他小心地掀起棕榈叶，伸过头去。洞窟沐浴在烛光中。匈牙利人轻声打着鼾。中国人经不住这场景的震撼。他像猫一样默默地合上酒椰叶墙面，跑去找其他人。

十分钟后，埃斯佩兰扎的六名海难者闯进匈牙利人的岩洞。洛思卡仍在安眠，睡在书中间。有些书散在沙子上，还有一堆扔在洞穴底部的岩壁旁，其他书则整齐地堆放着。行李箱敞开，露出文集。一个帆布袋里装着所有他已经用来喂饱椰林夜晚的书。

他们所以为的这个被内心之火启示的人，一个能用雄辩的魔法棒使各个角色在世界舞台上起舞的捕鸟大师，这个被他们狂热崇拜的天才魔术师，不过是个平庸的读者在囫囵吞枣地背诵前一天从文集中汲取的故事。一个骗取了祭坛地位的欺世盗名者。水手们甚至用不着共同商议一下。

他们抓住他，把他拖到阳光下。洛思卡用拳头反击，但他的体格不足以抵御六个人的攻击。他被痛打一番，昏倒在地。

"烧死他！"马来人说。

太阳照射头顶。下午三点，匈牙利人躺在沙滩上。血从他的耳朵流出来。塘鹅在空中咕咕叫。气氛如同为杀戮做好准备的焚尸炉。

希腊人想到了悬崖。

他们将躯体抬到岩壁顶端。躺在虚无边缘的洛思卡恢复了意识。

中国人说："站起来。"

俄国人用一记重拳将匈牙利人送往虚空。

他的身体迟缓地晃动。他摇摇晃晃，转动一下，跌倒了。他坠落了三十米，落在被鸟粪染白的礁石上。激浪拍岸，掩盖了撞击声。

人们一动不动。俄国人擦了擦额头。中国人把手指关节拉得咔咔作响。马来人因炎热而醉了，笑了起来。这时，乌克兰人向身旁的希腊人大胆地提出一个问题。

"你识字吗？"

他们傻傻地看着对方。这些人一个接一个地摇了摇头。天空中传来一只海鸥的叫声。下方，一只灰色螃蟹钳住死者的肉。海浪拍打着沙滩。

无聊重新踏上岛屿的沙滩。

冷　杉

真正见识过俄罗斯的人会满足于

在其他任何地方生活。

——阿斯托尔夫·德·屈斯汀

《一八三九年的俄罗斯》

任务是要找到一棵大小合适的冷杉。

圣诞节快到了。冬至刚过。四天来，太阳向北方发起了一年一度的冲锋。收复北纬失地的运动将以圣胡安节[①]的胜利而告终。

温度降至零下三十度以下。两天前下雪了，树枝被压弯，垂在地上。冷杉似乎穿着巨大的薄纱裙撑行屈膝礼。小路看起来像一个被蛋糕铲划开的烤蛋白果馅卷[②]。这些画面并未在他们的脑海浮现，

---

① 西班牙加泰罗尼亚地区的传统节日，每年6月23日庆祝夏天来临。——译注
② 奥地利产的一种加苹果块、葡萄干等的面卷型糕点。——译注

因为这里的人不与旧时的贵妇来往,也不吃维也纳糕点。

阳光斜着穿透乔木林。光束有时穿过树枝,触碰一根树干,照亮一块冰。到处都是野兔、白鼬和狐狸的踪迹,混杂着粉雪中的雪珠,讲述昨晚的故事。空气刺痛鼻子深处,如果呼吸过猛,寒冷的刀片会刺破黏膜。更好的做法是透过羊毛围巾呼吸。寒冷削减了吐纳。

二人默默前进。冬天是一种悬停的状态。零下的气温冻结了声音。可以听到靴子嘎吱作响。

"那一棵?"

他们停在一棵冷杉前,仔细查看。

"不行!太大了。"

他们继续前进。在极其寒冷的情况下,积雪并不重,而是变成轻巧的粉末,他们每跨一步都扬起了钻石般的粉尘。两人肩上扛着斧头,仔细检查了所有中等大小的树。

"那棵似乎还不错。"

"是的,就这么办吧。抽支烟吗?"

他们停下脚步,翻找口袋,点燃香烟。烟柱笔直上升。空中没有任何气息会模糊它的蓝线。寒冷使所有元素以无与伦比的秩序冻结,与混乱对抗。零下三十度时,一切都笔直前进。他们沉默了片刻,确保没有别人,然后重拾讨论。

"我永远不会批评这种社会模式。西方世界的繁荣来之不易。人们为它的创建进行了斗争。当人们缔造并继承了这样一种模式时，认为它是世界上最好的，希望保持并推广它，这完全正常。即使以战争为代价。"

"我同意你的意见：哪条原则规定人应该为自己的好运感到羞耻？我们不是推崇那些基于灵魂救赎和征服真理的宗教吗？为什么鄙视那些依赖于身体享受和拥有财富的宗教呢？我认为将繁荣和福祉升格为道德是值得称赞的。"

"是的！物质主义是一种人道主义。"

"为自己获得的财产而脸红，这真是骇人听闻！毕竟，成功地创造一个人间天堂，这意味着他们最聪明。历史上，从来没有哪个民族的财富是从天上掉下来的。杰斐逊建造了一座庙堂，肯尼迪耐心地把它填满，卡特现在是它的看护者。"

"完全正确。我们甚至能以此建立一套高尔基式的心理生理学理论。假设一个时代的历史条件影响着个人的思想并最终创造出一种集体心理色彩。有些世纪经历了革命潮流、狂热的时代、创造的干劲和征服的冲动：一九一七年，一七九三年，一八四八年，一九四二年！这些日期占据了人类脑电图中的惊厥高峰。经济繁荣则造成社会普遍麻木，有点像身体在热水澡中昏昏欲睡。财富使生活变得愉悦、令人向往并因此变得宝贵！财富命令我们捍卫它！它是抵御犬儒主义、虚无主义、悲观主义以及在阴暗思想的海岸线上显现的所有致命地峡的最佳堡垒。"

"心理生理分析适用于个人！当一个人不停地工作时，他会感到疲劳、焦虑，有时甚至恐慌。但是他创造了物质财富。他的工作成果添加到数百万其他成果中，它们的总和形成了一座供消费者支配的大山。"

"是的，这就叫做供给，然后呢？"

"然后，在生产这一供给的过程中积累的毒素可通过购物消除。人们购买自己制造的产品，以此摆脱制造产生的副作用。你懂了吗？购物是工作中产生的焦虑的解药！供求原理不仅是一个经济学公式，更是在维持个人身心平衡。"

"简而言之，拥有更多，以治愈生命存在的痛苦。"

"正是如此！至少这是一个答案，总比没有好。"

"这是支持消费社会的另一块基石。"

"必须肃清这种说法。这是一种过时的讲法。我们用什么对抗消费社会？短缺、荒废、禁欲和饥饿的社会？"

他们稍稍跺了一下脚，以恢复血液循环。在极冷的环境下，通过鼻子和嘴巴排出烟气给人一种热的错觉。人会以为自己是一个暖炉。

"你说得对，还有，繁荣社会——让我们如此称呼……"

"是的，这种说法更好。"

"它使数百万、数十亿人得以生活。"

"是的。"

"它为身体提供便利，从而解放心灵，使人摆脱了永远存在的生存之忧！它是使精神和道德得以进步的发射台。它准许认知方面的思考、进步。我不相信什么圣人挨饿、天才吃蜥蜴的鬼话。空空如也的肚子从来不会像精神那样贫瘠！富裕的社会是复杂、完善、交织着矛盾和争论的：这是对它们有利的最佳论据。"

"还有，我告诉你，我向那些发明圣诞节的人脱帽敬意。选择上帝的诞生之日，在树下给孩子们撒满礼物，振兴国家经济，真是天才！"

"砍这棵冷杉吗？"

他们用绳子把树拖回来。在围栏处，警卫打开大门，他们走进房子。维诺格拉多夫长官骂了他们，因为他们迟到了。彼得和帕维尔因"知识异端"在古拉格度过三十年。他们在大学教政治学时相识，最喜欢的莫过于在树林深处平静地谈论美国了。毕竟，阿拉斯加没有那么远：在海峡的另一端。

他们把冷杉劈成木柴，塞进寝室里的旧火炉，古拉格的囚犯正冻得发抖。

信　函

　　……因为你的誓言只是为了遮掩你背叛爱情的行为,因为你的来信只是些空话,而你的空话都不能认真对待,所以我离开你,诅咒你将我对一个男人的爱变成了对所有男人的恨。

简

　　他把信放回信封,沉默地跪在沙地上。他很烦闷。首先,他厌恶抒情诗。但这不是最严重的。也许他的好奇心受到了众神的惩罚?使用这把小刀是一件乐事:他精心切削了美丽的珍珠母刀片,然后嵌入椰子木柄。制作这把刀用了他整整两天时间,当他欣赏着成品时,感到非常满意:即使被扔在太平洋中央的这片海滩上,他也能送给自己一个美丽的小物件,就算放在他从前在威尔夫林根大学的桃花心木办公桌上也不逊色。但是现在他后悔拆开这封信了。

　　应该再给自己一次机会吗?袋子就在那儿,敞开着,毫无保留。他把手伸进去,取了一个新信封。

……如果我听从直觉，你就会早点知道，我的门和我的心永远对你关闭。你要相信，我有多鄙视你，就有多失望。

萨洛蒙

这次真倒霉。得继续坚持。意图是好的。他不相信内在的正义、上天的征兆，以及任何命运的混乱。他孤身一人，孤独地待在这里，环境允许他给自己颁发这张小小的许可证。没人能责怪他。下一封信从迈阿密中心邮局寄出，后来转到洛杉矶，再登上跨洋来往澳大利亚的史坦顿岛号邮轮。信封外观很普通，很像人们扔进投票箱的信封。他享受着珍珠母裁开纸张发出的摩擦声，使他想起在施瓦本冬季早晨的咖啡香中打开信件的时光。

畜生！
别
多管
闲事。

一封匿名信！他把刀扔了。他的脸色并未发白，因为数月的热带阳光已将脸晒成褐色。但是眼泪涌上他的眼睛，两行清泪滑过他带盐的脸颊，如同蜗牛爬过的痕迹。他的双手一定受到了诅咒。他记得，还是个孩子时，他从未选中那个正确号码的帽子。但这里不是小学的彩票点！在库克群岛以南的太平洋上，距南回归线几百公里，他遇上海难，在这个荒无人烟的珊瑚岛已经待了四个月。他租了史坦顿岛号的一个客舱，前往澳大利亚，而船的残骸目前已躺在四百米深的海底。这艘船在一九四六年十一月二十六日的台风中于拂晓时撞上珊瑚礁。他是唯一的幸存者，被抛上沙滩，周围是一堆碎木头和两个密封箱。第一个箱子里有食物。第二箱里是一个邮袋。

他用食指扯开信封。

圣诞老人，我只有你了，爸爸刚刚去世，妈妈和他的主治医生一起走了。小皮埃尔没有手臂，不能写字，雅克看不清楚，因为矿场的粉尘弄坏了他的眼睛。我不像史密斯家的孩子那样问你要玩具，只要能照顾阿姨的东西，她咳嗽得越来越厉害了，现在我得停笔了，因为得去换她的围嘴了。

艾玛

他此前犹豫了很久。在德国，读写给别人的信会令他反感。伯尔尼高地的再洗礼派教育灌输给他的种种顾虑只能靠逆境来颠覆。

最初几个月致力于生存。但是，一旦那些非凡之举已经成为纯粹的例行公事，例如捕贝类、用鱼叉捕潟湖里的鱼、在防水油布上收集雨水、用蚌壳边缘打开椰子等等，便出现了思考的余地。自怜成为他的第一个想法。珊瑚岛上度日如年。太阳悬挂在天顶，在那里保持平衡，无意下降。白炽的天空因炎热而晕厥，时间不再流淌。什么都不如在椰子树荫下等待的夜晚那样姗姗来迟。他开始觊觎邮袋。那里面的东西可以战胜无聊。但直到今天早上，他才决定深入研究。

……我最后要对你说：丝虫粪，渣滓的羞耻，瘙痒和疖疮，一夜情的产物。你这种人比龌龊小人还不如。连线虫也会把你吐出来。我要清空记忆，把你赶出我的生活……

绝不放弃。灵魂的纯洁将宽恕他的行为。这只是利用别人的故事使自己度过一段好时光。抽出一封信，轻轻地分散自己的注意力，给困境来一丝安慰。一封信是一份陪伴，证明有人思念着你。这份关心产生于过去，写在当下，面向未来，它存活下来，经历旅行，慢慢走向你，穿越万水千山，当你打开信封时，突然跳上你的脖颈，向你打招呼，像一只快乐的小狗一样热烈欢迎你。

埃迪，我恨你，我恨你，我恨你

我恨你我恨你我恨你我恨你我恨你

我恨你我恨你我恨你我恨你我恨你

我恨你我恨你我恨你我恨你……

三页都是如此。他的意图倒是很简单。轻轻地闯入人们的隐私，以减少孤独感，分享一些微不足道的秘密。在信件中啄食，排遣无聊。邮袋里有一整个世界。当然，从统计学角度说，一定有些卑劣的行径。但情况会好起来的。得找到发光的金块。然后，轻轻地把信塞回信封。

……越来越糟了，老布兰！我从伦敦回来！年轻人都被那些饭桶蛊惑了！街上没有一个男人！一年内全部无影无踪！这些贪图享受的家伙，这些无脊椎动物，发臭的海绵！外国佬占据了高位，女人发号施令。黑人大权在握！他们说这叫重建，还……

他揉皱信，扔到水里。海浪和纸团玩耍，然后将其吞食。他的想象力需要一点点食粮，梦想需要一个支持点。几个温柔的词足矣：信中透露的一两个名字、一场约会的暗示，他将负责其他的一切：在棕榈树影下，他会想象幸福的未来，他会为恋人建造城堡，在朱迪切拉运河航行贡多拉。他有很多办法！他的头脑已经准备好构筑蜜月了！

……就这么简单：如果我在一个半月内收不到这封信的答复，我就会知道，一切都结束了，我将待在悲伤国度的街区里，即使失去生命，也永远不会再来打扰你，就连在思想上也是如此，因为没有你，我的生命无足轻重……

他改变了方法。到目前为止，运气只带给他失望。他把袋里的信全部倒在沙滩上，在信堆里搜寻。他的目光被一个有花纹装饰的粉红色信封吸引。孩童的笔触用青绿色墨水写了地址：阿德莱德。完美的预兆。那是他将要定居的城市！他辞去了生物学家的职位，以忘记德国、战争、沉闷的乡村和坍塌的城市，准备在阿德莱德海洋研究院的珊瑚礁研究系担任新职务。

……天气极好，房间里充满花香。她没有受苦。她想给你写一封信，但没有时间了。一切进展得如此之快。在我寄给你的信封上，她自己用小手写下了地址。要知道……

太阳照在他的枕骨上。他没有灼伤的感觉。他正在一堆粪肥中寻找一朵花。随机选了另一封信。

……一万美元??！！你这个混蛋，你这个白痴，你这个狗娘养的……

两天后，伦维尔号巡洋舰靠岸。值班员发现珊瑚岛上有烟雾。船员将划艇放入水中。船长在沙滩上岸，对这个衣衫褴褛的可怜人的迎接方式感到迷惑不解。后者指着岸上的一个邮袋，拒绝上船，用死气沉沉的声音对他说：

"把这个带走，船长，别管我。我并不希望回到这个世界。"

海　湾

> 先生，您不觉得吗，自从她不再出现，
> 夜晚变得如此空虚，黑暗如此平凡。
>
> ——莫泊桑，《恐惧》，一八八四年

"在那儿！"

他们每天晚上都在寻找一处海湾。四处航行使他们要求苛刻。他们需要一个平静而荒无人烟的锚地。人类存在的任何一丝痕迹都将使这个地方失去资格。没有什么比翻滚起伏的树梢上冒出的烟柱更令人沮丧的了。绝对不能与任何人共享风景。如果风引他们前往的这片海滩还通了一条公路，他们会立即掉转船头。无论在水上，还是在生活中，转身回头是幸福的保障。地狱不是他人，而是他人到来的可能性。

理想的去处是一个深而暗的海湾，淹没在植被中，叶簇上方有蜿蜒的山峰；岛屿周围似乎马上就要显现库克船长的船帆。基克拉泽斯群岛仍有这种幸免于羊群利齿的海岸。在这些荷马史诗般的地方,人们即使打扰了柏树林荫下成群的精灵少女,也不会感到惊讶。

晚餐后,他们坐在舷门上,向月亮祝酒。他们高举酒杯,白色的大圆盘在威士忌中走了形。月亮每晚从东方升起,栖于树冠,在夜晚缓缓漫游,向海面劈开一道银色的伤疤。

他们没有抗拒跳入粼粼波光的乐趣。亮光与爱琴海中的碘混合,使肌肤恢复活力。他们称之为"异教浴场"。在月光的痕迹中游泳,等于享受反射的日光浴。然后他们回到船上。下后角索和吊索在桅杆旁编了一条银色带子。清脆的撞击声响了整晚。

星空下,一切都井井有条。这艘船适合嫌恶混乱世界的脆弱灵魂。船上的一切都有其位置:船体在水上,桅杆在船体中,风在帆中。没有一件物品是无用的。艾德比克拉拉的怪癖更甚。最小的用具也被他安置在彩色盖子的塑料盒中。有一个用来装蓝柄勺子,另一个装白柄勺子,甚至还有一个大盒子,专门用于装小盒子。

他们每年航海三星期。没有什么比海盐更能排忧解难了。而艾德在这一年中旅行了很多次……这条船是他们爱情的风压中心,是团圆的桥梁。船首用蓝色字母写着船名:永生永世[①]。瞬息即逝的浪潮中的永恒承诺。他们通常沿达尔马提亚海岸漫游。但是今年,艾

---

① 原文为拉丁语:ad vitam。——译注

德希望基克拉泽斯群岛为克拉拉带来惊喜。他甚至坚持让她感受爱琴海,他的父母在他孩童时代就在那里航行。

海水浴后,他们还有一个传统。艾德问:

"巴赫还是辛纳特拉?"

由于船上只有两张唱片,克拉拉便轮换回答。一天晚上,她说"巴赫",第二天说"辛纳特拉"。如果她说"巴赫",艾德便问:

"勃兰登堡?"

克拉拉说:

"这和威士忌很搭!"

此外,她真诚地喜欢巴赫。《勃兰登堡协奏曲》与希腊之夜十分协调。经过两个星期的航行,她已经熟稔了协奏曲。耳朵守候着每个节拍、每次反复,当乐章恰好进行到她期待的位置时,心情就充满愉悦。聆听,也是确认。

八月十三日晚上,北风驱赶着铅灰的云。云朵的形状拉伸,撕裂,像扯碎的木偶倒在昏黄烛光前一样出现在月亮前面。艾德将芝华士倒入酒杯。他们躺下,出神地观看星云变幻。

"看,克拉拉,一条美人鱼。不对!它有腿,是一只蝾螈。"

"一头被死亡追逐的熊。"

"一个小矮人坐在海豚背上:他的胡须变长了。"

"农民和镰刀。"

"他在和一个茨冈女人跳弗拉明戈舞。她在跳跃。她飞走了。"

巴赫伴随着这场云气如同磕了霍夫曼迷幻药一般的狂欢。

"那儿,贝壳中有一位女神。"克拉拉说。

艾德说:"在这样的夜晚,他们即使发明了神话,功劳也不算大。"

"威士忌!"

"你喝太多了。"

他在桶里搜寻着冰块。三年前,他在食品贮藏室安装了一台小型制冰机。

"我喝酒是因为你经常离开。"她笑着说。

"我以为我离开会让你开心。"他捉弄她说。

"这不好笑。"

"婊子!我知道我不在时你都做了些什么!"

克拉拉跳了起来:

"什么?"

"没什么,"艾德说,"那边看起来像是一朵蘑菇云。"

"你在威胁我吗?"克拉拉说。

他撑起一边的手肘,看着他的妻子。

"胡说,亲爱的,我在开玩笑。我说我离开或许会让你高兴。"

"你叫我婊子。"

"你幻听了。"

"希望如此。"她说。

"过来。"

他张开双臂,克拉拉躺在他怀里。他们看着月亮。很容易看出这个布满环形山的卫星是一个球体。古代人怎么会认为行星都是平面?

"算了。"艾德轻声说。

"我可没有什么可自责的。"

他看着妻子,扬起了眉毛。

"你是什么意思,克拉拉?我应该责怪自己吗?"

"但是……"克拉拉结结巴巴。

"你想让我改变生活方式,就是这样,让我减少旅行吗?"

"可我什么也没说!而且我二十年来什么都没说!你离开时,我阻止过你一次吗?"她反驳道。

他看起来生气了,走进船舱,在休息室的抽屉里翻找,寻找雪茄剪。他嘴里叼着一支罗密欧与朱丽叶三号雪茄,回到甲板上。

"你准许的,是吗?"

"当然可以。"[①]她说。

"烟会遮住月亮!"

[①] 原文为英语。——译注

"那是当然。"她说。

"放辛纳特拉吗?他还是更欢快一些。"

"我去拿唱片。"她提议。

她起身走下木楼梯。

"你认为我会天真到不监视你,留下你不管吗?"

克拉拉猛地转身。

"你又在开玩笑吗?"她说。

"我吗?"

"是的!这是新玩笑吗?你不想让我下去吗?"

"你在说什么?好好休息,看着酒杯,我拿到甲板上来,我去取辛纳特拉。"

"好!"她说。

辛纳特拉唱歌,艾德抽烟,雪茄的烟雾截住了昏暗的月光。他握着妻子的手。在大海上,在海湾的缺口,岛屿在夜色中显露出来。

"好像一个女人睡在水中,"艾德说,"她的臀部露出来了,那儿是胯骨,那儿是她的肩膀!"

"是的,没错。"

"还有那儿!臀部放低了,很优雅,对吗?"他说,"如果可以对照的话,应该说很像你。"

"我还以为你很文雅,不会堕落到说这种话。"

"为什么这么说?这很伤人。"艾德说。

"伤人?"

"是的。你说你以为我很文雅,不会堕落到做这种比较?"

"你太夸张了,艾德!是你在谈论这些岛屿如何优雅、臀部放低之类的!"

"我们要疯了,亲爱的。今天是满月,关于这个有很多文章。看来人的大脑在肥满的月亮下会突变!"

他们沉默了片刻,然后艾德再次消失在休息室里。克拉拉听着音乐。当她把酒杯举至唇边,冰块相碰,发出叮当声。

"艾德?"

"什么?"

"上来!"

他的头伸出休息室,盯着他的妻子,然后上来和她一起坐在长椅上。

"有一天,"她说,"从一开始,你就告诉我,对你来说,完美的梦想是每年出海航行几天。你对我这么说,而我以为这是为了引诱我。你还记得吗,艾德?"

"是的,没错,这就是我最想要的,而这正是我们现在的生活。"

"这就是幸福。"她说。

"是吗?"

"是的。"她说,"继续渴望自己已经拥有的东西。"

"对!"

"而我们呢,我们继续渴望我们已经拥有的东西。"

"不对!今晚,你欺骗了你自己。而另一个晚上,你骗了我。"

克拉拉突然起身,酒杯翻倒在甲板上。威士忌酒洒在光亮的木头上,形成闪光的小水洼。

"你真恶心,艾德!"

"你怎么了?"

艾德惊恐地看着妻子。她烦躁不安地走到船头,双手放在船舷上。艾德跟随她,抓住她的肩膀。一滴眼泪从克拉拉的右颊流下,月亮使之发出微弱的光芒。

"听着,亲爱的,我们回去坐下。别搞砸了。"

爵士乐轻轻地起伏。他们回到驾驶舱,他抱着她。她微微发抖。他们跳舞,小船摇晃。

哦,是的,是的,是的!你是我愚蠢的小宝贝,你不知道你在说什么……

"你侮辱我。"

"又来了,克拉拉,我不是在侮辱你!你听到的是音乐。"

她窘迫地看着他,双手放在肩膀上。她很轻柔地、以一种对重病患者的语气说:

"可我什么也没说!亲爱的,我知道是音乐。"

"你刚刚说我侮辱你!"

"你疯了!那是辛纳特拉在唱'你是我愚蠢的小宝贝,你不知道你在说什么'!"

他们坐下来,重新拿起酒杯。艾德凝视着大海。她看着山脊的线条在水银般的夜色中勾勒出来。

"说出来,是弗兰克!说出来,因为我已经知道了!"

克拉拉跳起来,手指着她的丈夫。

"这次,你让我害怕了,艾德!当然是辛纳特拉了。只要你愿意,我可以一直重复下去,是辛纳特拉。"

"可我……"

"不,闭嘴……"

艾德清扫了掉在柚木甲板上的烟灰。他挣扎着重新点燃哈瓦那雪茄。当他用力吸着雪茄时,炽热的烟头在他的脸上投射着火炉般的反光。

"听着,亲爱的,我们冷静一下。我们好像听见了一些声音。我在想,是不是应该离开这里。你冷吗?也许你应该下去。"

"不,我不冷。"

"你在发抖。"

"就是你对我说的话让我寒心。"

"有什么东西不对劲?"

"是的,艾德,你听到了……"

"不,克拉拉,是你说的话……我们去睡觉吗?"

"不,不,我想待在外面!把我的格子长巾拿来。"

艾德消失在甲板下,可以听到壁橱咯吱作响的声音。一只看不见的仓鸮在柏树丛中尖叫。

"别把弗兰克牵扯进来!"

穿过休息室,艾德的头像从玩偶匣跳出来一样钻出驾驶舱。

"别再提辛纳特拉了,"他嚷道,"你想要怎么样?让我们都发疯吗?"

克拉拉号啕大哭。艾德搜寻橱柜,拿到了前舱的格子长巾。他用长巾盖住妻子的肩膀,瞥了一眼绳索,确定没有走锚。

"他承认了,可怜的傻瓜。"

"艾德!我不准你这么说!承认什么?"

艾德回到船尾。

"克拉拉,我什么都没说。我根本没张嘴。"他平静地说。

他在妻子面前跪下。她用手捂着脸。

"说了,"她呜咽着说,"你在前舱大吼:'他承认了,可怜的傻瓜！'"

他没有回答。他抓住芝华士酒瓶，点亮挂在前桅的防风灯。

"我觉得我们不能再喝这东西了。这是在哪儿买的？"

"拔摩岛。"克拉拉说。

"也许是假酒？"

"把它扔到水里……"

酒瓶划出一条曲线，拖着如同月亮的痕迹，砰地落在远离船头的水上，漂浮了一会儿，然后大海又合拢了。艾德把妻子搂在怀里，思考着。他从未在夜间航行，但有了月亮和仪器，到达萨摩斯岛应该并不太难。

"你要干什么？"

"我要和谁干什么？"艾德说。

"和谁，什么？"

"我要干什么？"

"我怎么会知道？"

"那你为什么要问我？"

这一次，她爆发了。

"你在嘲笑我。你是个虐待狂！你到底想要什么？"

"给你放血，这是你应得的！你以为我为什么带你来这儿？"

她尖叫着，一直退到船尾的船舷。艾德走近她，伸出双臂。他朝她微笑，必须让她平静下来，让她躺在船舱里，一待她重新振作起来，就离开这个地方。他走上前，露出微笑。但月光从他的脸上垂直倾泻而下，给脸涂上淡淡的黑影。

"亲爱的，亲爱的……"

他迈出最后一步。她从哪里汲取的力量杀他？她的手摸到了放在木板上的刮鱼鳞刀。两秒钟后，艾德喉咙里插着刀片，一边发出嘶哑的喘气声，一边摇摇晃晃地走着。他以一个还未准备好、也没有意识到比赛已经结束的人的眼神呆呆地看着她。他的膝盖窝撞上舷栏，没发出一声喊叫，就掉进水中。

萨摩斯岛的安杰利科斯警长对这位年轻女子很有好感。她在丈夫死亡几小时后于半夜向当局自首，极大地增强了正当防卫的真实性。她肩上披着毛毯，双手握着热咖啡，讲述了一切：二十年的爱情，一年一度的航行，生活像一条温柔的河流，到达泽罗斯海湾，田园诗般的锚地以及突然发生的转变。月亮，令人不安的形状，威士忌，艾德发起疯来，说了怪异的话，然后变得气势汹汹，最后扑到她身上，说要让她流血。然后她扬起帆，一直驶向港口。

出于形式，警长新建了一份调查卷宗。如果一切由他决定，他本可以结案并让这位年轻女子离去。她已被提前宣告无罪。胖警官突然想起，二十年前在同一个海湾发生过一个相似的离奇故事。一对停泊在泽罗斯湾的夫妇在一条小帆船上杀死了对方。那个夏夜，沉睡的海水使争论的回声传到一个在海滩上宿营的渔夫耳中。从那时起，在基克拉泽斯群岛的这个地区，人们就认为这是一个被诅咒的地方，本地的任何驾船者都不会想在那儿抛锚。据说死者的灵魂在满月的夜晚漫游。萨摩斯岛的老渔民称这个地方为"死亡海湾"。

克拉拉询问警长是否保留了口供记录。他消失了，十分钟后带着题为"泽罗斯湾，一九八八年八月十三日"的档案文件回到办公室。

他递给克拉拉一张纸：

"这就是渔民听见并誊写的他们最后所说的话——"

"婊子！我知道我不在时你都做了些什么！"

"我可没有什么可自责的。"

"你认为我会天真到不监视你、留下你不管吗？"

"我还以为你很文雅，不会堕落到说这种话。"

"不对！今晚，你欺骗了你自己。而另一个晚上，你骗了我。"

"你侮辱我。"

"说出来，是弗兰克！说出来，因为我已经知道了！"

"别把弗兰克牵扯进来！"

"他承认了，可怜的傻瓜。"

"你要干什么？"

"给你放血，这是你应得的！你以为我为什么带你来这儿？"

灯 塔

它矗立在距离符拉迪沃斯托克两百公里的海角上。俄罗斯没有任何一座灯塔位于更加南端的位置。它屹立在悬崖边缘,高度不超过二十米,用途已经不大了。海上几乎没有船只经过。偶尔只有一艘日本巨轮满载运往俄罗斯垃圾场的二手车,或是一艘前往萨哈林岛的油轮。日本海布满风帆和油迹的时代早已远去。但灯塔之所以在那里,并非为了提供卓有成效的服务。它们矗立在那儿,是为了使火焰一直燃烧。

一个世纪的浪花冲刷了灯塔。守护员的小房子在灯塔脚下,它具有最纯粹的俄罗斯风格,毗邻一座原木巴尼亚①。正面墙上的字母CCCP和一颗红星在岁月中幸存下来。这座建筑根本不归功于苏联人。它是由克罗宗半岛的布列塔尼人在十九世纪末建造的。西方菲尼斯泰尔的人们穿越欧亚大陆,来照亮东方的菲尼斯泰尔。

弗拉基米尔·弗拉基米罗维奇每天攀登一百一十四层阶梯,检

---

① 斯拉夫版本的北欧桑拿。——原注

查灯的状况。向东展开的是日本海。南部的山峦轮廓标志着朝鲜边界。那天晚上，一艘渡轮在远处航行。船体在地平线上画出一个白色而寂寞的矩形。海上波涛汹涌，风呼呼地吹。海浪撞击海角的岩石。正是海浪的耐心将悬崖变成了沙滩。阵风吹倒了荒原的芦苇。秋天使周围的森林变成了棕红色。

"弗拉基米尔·弗拉基米罗维奇！"亚历山德拉·亚历山德罗夫娜大喊。

妻子的声音在楼梯上回荡。

"什么？"

"一封法国的来信！"

……所以，亲爱的弗拉基米尔·弗拉基米罗维奇，我很荣幸邀请您来我们这里。我们将于十二月十五日在布雷斯特等待您，一月五日送您返回俄罗斯。我们热切期待见到由我们自己人在边界地带建造的一座灯塔的命运主宰者。我们很高兴接待您，除此以外，我们还很高兴向您展示我方的设施，并且荣幸地以象征性的方式庆祝我们两国之间超越时空的友谊……

埃米尔·勒比昂

布列塔尼灯塔守护员工会主席

二〇〇三年十月

西伯利亚铁路用整整一周时间将符拉迪沃斯托克与莫斯科相连。弗拉基米尔·弗拉基米罗维奇接受了邀请。法国方面负责办理手续。但俄罗斯人坚持从陆路前往布列塔尼。不过于迅速地前往受邀请的地方是一种礼节。飞机是为粗俗的人准备的。弗拉基米尔·弗拉基米罗维奇整个旅程都望着窗外,观看桦树接替冷杉。他吃了很多,每晚睡十二个小时,并借旅程的机会阅读了《海上灯塔通用菲涅耳透镜概论》的俄文译本。

在布列塔尼度过的一周棒极了。大家在花岗岩悬崖上向西伯利亚人致敬。工会以皇家气派组织了一切事务。俄罗斯人没有一秒钟时间。他登上灯塔,会见守护员,参加正式宴会,参观信号所,发表了两三次演讲,而主席总是以热情洋溢的讲话为其作总结:"灯塔,是大海、天空、阴影和光线交叉路口的纪念碑。"晚上,弗拉基米尔·弗拉基米罗维奇惊叹于酒吧的欢乐气氛。他发现了圣诞节临近时弥漫在街道上的欢腾气息,身心在重大节日来临前的激奋。在普鲁克奈勒的传统节日上,哥萨克踢腿舞大获成功。弗拉基米尔·弗拉基米罗维奇在这些海西褶皱的对跖点感到宾至如归,这正是旅行者有时会遇到的一个谜团。地方给人性留下的烙印在大陆边缘铸成了相同的灵魂。在护墙边的生活不会不留下后果。触及陆地尽头使布列塔尼和远东地区同样爱好梦想。二者都嗜好用酒精将海浪消散于灵魂。这种性格的一致性可以从面容辨识。弗拉基米尔·弗拉基米罗维奇和主席非常相像。同样的扁平头颅，同样的橄榄色眼睛，同样的宽阔额头上的金色头发，同样的装卸工般的体型。

哥萨克与凯尔特人有一个共同点：在抵达世界边缘时，两个民族都可以在奔向大海还是沿海岸定居之间做出选择。傍晚，在正式晚宴前，工会主席与来自海岬的客人在陡峭的海角散步。弗拉基米尔·弗拉基米罗维奇喜欢观看落日沉入大西洋。在东方的悬崖边缘，俄罗斯人只能观看黎明。当他发现克罗宗半岛尽头的潘怡尔海岬时，他告诉自己，他想在这样的景致前走完自己的岁月。天空风起云涌，风使大海膨胀起来，海浪在悬崖脚下垂涎。在布列塔尼，就连大海也会打出奶油。弗拉基米尔·弗拉基米罗维奇喜欢海边的峭壁，这是大地鞠躬致敬的方式。穿越乡间，走过幸福的山谷和村庄，突然，面前成了悬崖：故事的结局被地理干净利落地了结了。

"我喜欢这里的风景，主席！"

"您必须去参观一座地狱[①]，弗拉基米尔！"

十二月二十二日下午，弗拉基米尔·弗拉基米罗维奇来到 K 灯塔。K 是一座四十米高的圆柱体，立在韦桑岛海域的一块岩石上，它的灯光使海船免于撞在露出海面的花岗岩石上。当俄罗斯人通过

---

① 即伫立在陡峭岩石小岛上的灯塔，与之对应，陆地上的灯塔被称为"天堂"。——原注

157

缆绳来到灯塔平台上时,交通艇很难与岩礁保持固定距离。船会在第二天晚上来接他。勒比昂主席希望西伯利亚人和他一起在布雷斯特欢度圣诞。已经提前告知守护员乔尔·科德隆,一位尊贵的客人将在他的地狱过夜,应以敬意接待他。因此,他同意张开三个星期以来没有开口的嘴巴。

"嗨!"他说。

弗拉基米尔·弗拉基米罗维奇数了 K 的台阶。

二百二十八级:是他自己的灯塔的两倍。他已经感到很惬意了。

和着海浪隆隆的节拍,俄罗斯人和守护员在沉默中进餐。他们吃了豌豆汤、烤青鳕和奶油土豆,喝了萨瓦地区的白葡萄酒。叉子的刮擦替代了谈话。弗拉基米尔·弗拉基米罗维奇整晚都在灯塔里游逛。他详细研究了图书室的木器,仔细检查了书名(有果戈理的《塔拉斯·布尔巴》和一本莱蒙托夫诗集!),欣赏了透镜。黎明时分,风暴来临。海蒙上白色绉纱,铅色的天空触碰了泡沫,风在塔中尖叫。这阵痛打十分严重,灯塔呻吟着,空气中有碘的气味,弗拉基米尔·弗拉基米罗维奇大喜过望。勒比昂主席在早上八点用无线电通讯破口大骂:"我们知道有低气压,但谁能料到暴风雨会如此突然呢?"下午,气压表继续下降。

在陆地上,在圣诞节前夜接回弗拉基米尔·弗拉基米罗维奇的一切希望都烟消云散。

第二天晚上,海洋似乎集中了一切力量,想推倒 K。大西洋的坏脾气断绝了二人的食欲。他们早早睡了。轰鸣声如此之响,弗拉基米尔·弗拉基米罗维奇有时甚至从铺位上惊坐起来,仿佛要检查灯塔是否在猛击下折弯了。他支起肘,看着科德隆,从安静昏睡的布列塔尼人的脸上寻求答案,以确认一切都很好,灯塔能够撑住,他大可高枕无忧。陆上灯塔的守护员不像地狱的主人那样经历过海上暴风雨的锤炼。第二天下午三点,病恹恹的阳光刺穿依然低垂的云层,宣布暂缓。海浪略有减弱,但狂风不允许任何人外出。勒比昂每半小时通过无线电呼叫一次,因这局势而心焦,因俄罗斯人无法领略布列塔尼圣诞节的热情而伤心懊恼,发誓要修复这一命运的打击,并保证在第二天风暴接近尾声时亲自去接他。主席的关切最终使西伯利亚人厌烦了。实际上,弗拉基米尔·弗拉基米罗维奇对目前的情况感到庆幸。在他看来,与在舒适别墅暖气过热的室内分享火鸡相比,和一名缄默的隐士在一座被暴风雨纠缠、屹立于大西洋之夜前哨地带的石塔中度过圣诞之夜似乎更令人兴奋。勒比昂的殷勤最终对他产生的效果与早晨罗宋汤中过量的蛋黄酱相同。

傍晚五点,弗拉基米尔·弗拉基米罗维奇展开行动。他打开手提箱,进行盘点。像所有俄罗斯人一样,他旅行时带着装在塑料袋里的食品。他的储备包括一罐一千克装的鲑鱼子、几片用《伊尔库茨克新闻》包裹的贝加尔白鲑、中国红茶、一块乌克兰猪油、摩尔多瓦醋渍酸黄瓜，以及一瓶两升装标准牌伏特加酒。

"您有手提炉吗？"

乔尔·科德隆正在给通往平台的防水门铰链上油。

"您冷吗？"

"不冷，但我想给您一个圣诞节惊喜。"

"圣诞节？"

守护员从未设想过圣诞夜会破坏他的任何习惯。他的生活像灯塔的光束一样经过校准。二十年来的每个十二月二十四日，他一完成各种机械检查和无线电工作就上床睡觉。人们欢聚在一起庆祝一件全球性大事，这并不影响他。一个俄罗斯人在他自己的灯塔里在耶稣降生日的晚上来询问便携式火炉这件事也没有打扰他。他是灯塔守护员。他并不生活在土地上。

弗拉基米尔·弗拉基米罗维奇忙碌了两小时。他将电炉拖进转塔，把加热按钮拧到底。他用毯子堵住玻璃天棚的接缝和通往楼梯的门的缝隙。他用好不容易搬上螺旋梯的床垫堵住了朝向外面走道的开口。他往窗格玻璃上贴了宽条铝箔，同时注意不遮挡光束自由发散。晚上八点钟，灯室温度是四十五度。

俄罗斯人又下了楼梯。他把熏制的鱼摆放在图书馆的桌子上。他煮了卷心菜，给黑面包厚片抹上黄油，然后用叉子在上面撒了大量鲑鱼子。他在每片面包上放了一片柠檬和一枝莳萝。他仔细地将醋渍小黄瓜纵向切成四份，把它们装在盘子里，并用切片番茄、黄瓜和甜椒摆成圆形花饰。他切开烟肉薄片，把奶酪切成小方块。他在伏特加酒瓶旁边放下两只酒杯，然后烧开三升水，用来泡红茶。卷心菜已经做好，在烛光的照耀下闪闪发亮，软烂地躺在汤盘里。

楼上，玻璃天棚下的水银柱触及六十度。弗拉基米尔·弗拉基米罗维奇在炉子旁放了一把海藻。风平浪静时，科德隆在岩礁上收集海藻，然后放在厨房里晾干，用于煎煮。

一开始，布列塔尼人什么都不想碰。他说他不饿，推脱说想上床睡觉，他不习惯参加仪式，今晚与其他夜晚一样，无论是不是圣诞节，船只仍将远离暗礁在外海航行，而灯塔的灯火将保护它们免于海难。第一杯伏特加说服了他接受第二杯。弗拉基米尔·弗拉基米罗维奇朗诵着祝酒词。

"敬守夜人！干一杯，吃卷心菜。"

"敬一切希望的微光！干一杯，吃酸黄瓜。"

"致光的凯旋！干一杯，吃鲑鱼子。"

伏特加酒起效了。它刺激了俄罗斯人的活力，瓦解了布列塔尼人的衰弱。

"致婴孩耶稣，长夜的灯塔！干一杯，吃半个西红柿。"

他们喝光了第一升。只要两个人一起喝，伏特加从不会有害。

俄国人发明了祝酒定律来免去精神分析。第一杯，大伙儿开动了；第二杯，真诚地交流；第三杯，大家清空自己的钱包，然后露出自己灵魂的另一面，打开心灵的闸门，一切——深藏的怨恨、石化的秘密和抑制的高尚灵魂——最终在乙醇浴中溶解或显露。

"现在：巴尼亚！"弗拉基米尔说。

俄罗斯人在通往转塔的二百二十八级台阶的三十八级上放了点燃的蜡烛。

他们打开门时，一股热带气息扑面而来。海藻已在炉旁烤得僵硬。它们将充当西伯利亚人用于抽打身体刺激血液循环的桦树枝。温度计显示为七十度。冷凝作用使窗玻璃内侧沁出水珠。两名守塔人脱下衣服。建筑物在颤动，风并未平息。夜晚给灯塔以重创。

俄罗斯人和布列塔尼人像海豹一样喘着粗气，在被阵风抽打的玻璃天棚下炙烤。灯塔每次闪光时，厚实的方格玻璃像火一样燃烧。一刻钟过去了。温度上升。皮肤发红。心跳加速。肌体内累积的毒素在焖煮过程中渗出。身体涤除罪恶。俄罗斯人汗流浃背，喝着小杯的酒：

"光荣属于黎明的光芒！干一杯。"

"致白昼的胜利！干一杯。"

巴尼亚的原理基于热冲击的科学。俄国人厌恶中庸。通过巴尼亚，他们研发了在任何地方都让人感觉不舒服的艺术：室内是火炉,室外是极地。弗拉基米罗维奇打开走廊的门,把布列塔尼人推出门外。在海浪上方四十米处,风在他们耳侧嘶吼。最初几秒钟给了他们重生的感觉,随后是死亡。血管收缩,寒冷使皮肤变硬。温度降至零度以下,头发结了霜。不能屈服于到玻璃天棚下避难的诱惑。

"靠在栏杆上!"弗拉基米尔·弗拉基米罗维奇说。

灯塔下方,海浪轰击岩石,岩礁扯碎盐卤。飓风吸入的浪花在灯塔上爆裂。光束无动于衷地撕裂黑暗。

圣诞节的奇迹是布列塔尼人恢复了生气。他在这个狂飙的夜晚挥舞着酒杯,而远东对跖点的灯塔守护员弗拉基米尔·弗拉基米罗维奇用大把海藻抽打着他的侧腹,科德隆以同样的冲动欢呼基督的奇迹,灯塔光束持续百年的精确度,海浪永远从头再来的力量,以及每年十二月二十五日在死亡中重生、百战不败的大自然。灯塔的光在夜幕中闪烁转动,雨水从脸上倾泻而下,他向狂风大喊:

"致永恒回归!致永恒回归!"